Für Emilie

Lilli Simböck

Saperlipopette

INNSALZ

Lilli Simböck
„SAPERLIPOPETTE“

Verlag Innsalz, Munderfing 2018
Gesamtherstellung & Druck:
Aumayer Druck + Verlag Ges.m.b.H. & Co KG, Munderfing
Printed in The European Union

Coverfoto: © Lilli Simböck

ISBN: 978-3-903154-55-1

www.innsalz.eu

Lilli Simböck

Saperlipopette

Als Opa Himmelbauer
nicht mehr nach Hause fand.

INNSALZ

1. Kapitel

Madame Durelle, Friedas Lehrerin, sagt immer: „Frieda, du hast zu viel Phantasie." Das stimmt auch, Frieda hat sehr viel Phantasie. Aber als sie nach diesem Sommer einen Aufsatz über ihre Ferien schreiben musste, hat sie nicht dick aufgetragen, so wie ihr das Madame Durelle unterstellt hat. Nein, wirklich nicht! Frieda berichtete nur wahrheitsgetreu, was sie mit ihrem kleinen Bruder Joseph erlebt hatte.

Frieda ist acht Jahre alt, bald schon neun, und lebt mit ihrem kleinen Bruder Joseph und ihren Eltern in Montarnaud, einem kleinen Dorf in Südfrankreich. Sie hat rote Haare, Sommersprossen auf der Nase und etwas zu große, sehr weiße Zähne.

Ihr kleiner Bruder ist ihr wie aus dem Gesicht geschnitten, nur dass er kürzere Haare hat, die wild vom Kopf abstehen, und auch seine Zähne sind kleiner. Weil er noch die Milchzähne hat, sagt die Mama.

Jedes Jahr zu Weihnachten und auch im Sommer fährt Frieda mit ihrer Familie nach Österreich. Im Sommer für mindestens drei Wochen. Denn Friedas Mama kommt aus Österreich. Und der Opa, also der Papa von Friedas Mama, und die Tante Katharina, die Schwester von Friedas Mama, wohnen dort und wollen mindestens einmal im Jahr besucht werden! Sie sagen immer: „Es ist viel schwieriger für uns, nach Frankreich auf Besuch zu kommen, weil wir ja überhaupt nichts verstehen in diesem Land. Und überhaupt und sowieso ist es besser so für die Kinder, also für die Frieda und den kleinen Joseph, damit sie ja auch ein wenig ihre österreichischen Wurzeln kennenlernen." Allerdings aber hat Friedas Papa so seine Schwierigkeiten in Österreich,

denn außer Leberknödelsuppe, Wiener Schnitzel und Schweinskümmelbraten versteht er nicht wirklich etwas. Deutsch ist einfach viel zu schwierig, und die Wörter sind viel zu lang!
Für Frieda und den kleinen Joseph ist es jedes Mal ein großes HURRA, wenn die ganze Familie mit Sack und Pack nach Österreich aufbricht, um nach ihren österreichischen Wurzeln zu suchen. Den Kindern ist allerdings nicht ganz klar, was es denn nun mit diesen österreichischen Wurzeln auf sich hat und warum die so anders sind als französische Wurzeln. Aber es ist ganz klar, dass der Opa den schönsten Garten weit und breit hat. Um vieles schöner als die Gärten aller neidischen Nachbarn rundherum, und auch um vieles schöner als irgendein Garten hier in Frankreich. Frieda weiß aber ganz genau, dass das nicht wegen der österreichischen Wurzeln ist, nein, nein, nein! Die neidischen Nachbarn haben ja auch Pflanzen und Bäume mit österreichischen Wurzeln im Garten. Das hat mit etwas ganz anderem zu tun. Der Opa hat die Frieda in sein Geheimnis eingeweiht. Sie hat ihm aber fest versprechen müssen, dass sie es für sich behält. Nicht mal die Oma hat davon gewusst. Die meinte, sie habe einen grünen Daumen, obwohl der ganz normal war, wie ihre anderen Finger auch. Nein, es hat weder etwas mit Wurzeln noch mit Daumen zu tun, sondern das ist so: Der Opa trinkt wahnsinnig gerne Bier, denn laut Opa schmeckt Bier nicht nur sehr gut, sondern ist auch nahrhaft und gesund. Bier hat viele Nährstoffe, und die Hefe ist gut für die Haut. Und bis auf ein paar Falten um die Augen hat der Opa auch wirklich eine schöne Haut, findet zumindest die Frieda. Nun ja, und der Opa ist ein gescheiter und erfahrener Mann. Er hat sich gedacht, wenn Bier schon so gesund und gut für uns Menschen

ist, dann ist es bestimmt auch gut für Pflanzen. Von diesen künstlichen Düngemitteln, die die Nachbarn verwenden, hält er absolut nichts, denn er würde das ja auch nicht schlucken wollen. Pfui Teufel!
Und so gibt der Opa allen Pflanzen abwechselnd, mal dem Rosenstrauch, mal dem Kastanienbaum und manchmal auch den Geranien, etwas Bier. Das trifft sich gut. Denn der Opa trinkt jeden Tag ein Bier, manchmal auch zwei. Den Pflanzen zu Liebe, versteht sich, und das letzte Schluckerl in der Flasche, oder auch Noagerl genannt, schmeckt laut Opa nicht mehr so gut, weil es schon warm und abgestanden ist. Bevor er es wegleert, gibt er es seinen geliebten Pflanzen. Das Bier schmeckt den Pflanzen offensichtlich sehr gut, und nicht nur das, es tut ihnen auch gut. Denn niemand hat so schöne Rosen, die so süß duften, wie der Opa. Und Läuse befallen die Rosen im Sommer auch nicht. Und auch der Kastanienbaum steht stolz in der Mitte des Gartens, so gesund und stark, man könnte ihn mit einer Eiche verwechseln.
Und dann erst die Blumen! Wunderschön sind sie, das ganze Jahr über. Da frisst so manche Nachbarin der Neid! Der Opa behält sein kleines Geheimnis für sich, mit Ausnahme von Frieda natürlich, denn es gefällt ihm, wenn die Nachbarn sich fast grün und blau ärgern. Und als die Oma noch bei ihm war, wollte er ihren Glauben an ihren grünen Daumen nicht trüben. Ja, so ist der Opa, ein total lieber Opa, der die Oma abgöttisch verehrt hat.
Die Oma ist aber leider vor drei Jahren gestorben, und seitdem ist der Opa ganz anders. So still und traurig. Die Mama sagt, dass die Oma nun ein Engel ist und dem Christkind hilft.

Der kleine Joseph und der Opa glauben das auch, aber die Frieda ist sich da nicht ganz sicher. Das ist nun aber wirklich verwirrend mit dem Christkind und dem Weihnachtsmann, und wer nun wirklich die Geschenke bringt. Und auch mit den Engeln und Wichteln ist das nicht ganz so klar. Wenn die Frieda die Mama um Erklärung bittet, wird die immer ganz rot um die Nase und stottert nervös rum.
Sie meint, in Frankreich wären der Weihnachtsmann und die Wichtel für die Geschenke zuständig, und in Österreich sind es das Christkind und die Engel. Und da die Frieda und der kleine Joseph halb französisch und halb österreichisch sind, sind wohl nun beide, der Weihnachtsmann und das Christkind, zuständig und wechseln sich jedes Jahr ab.
Man muss aufpassen, an wen man den Brief mit den Geschenkwünschen schreibt. Nicht dass man es an das Christkind adressiert, aber eigentlich ist der Weihnachtsmann in diesem Jahr an der Reihe. Dann bekommt man nichts. Puuh! Zum Glück ist das noch nie passiert. Der Frieda ist das nicht ganz geheuer. Aber die Mama sagt, dass die Oma, die ja nun ein Engel ist, schon darauf achtet. Und falls die Briefe von Frieda und dem kleinen Joseph falsch zugestellt würden, würde sie, die Oma, schon dafür sorgen, dass die Briefe zum zuständigen Weihnachtsgeschenkebringer weitergeleitet werden. Das ist beruhigend. Zum Glück ist die Oma ein achtsamer Engel, der laut Mama nicht nur zu Weihnachten, sondern das ganze Jahr über gut auf Frieda und den kleinen Joseph aufpasst!
Letztes Jahr ist die Oma von Friedas Freundin Carole gestorben. Carole war wahnsinnig traurig, bis ihr Frieda erklärt hat, dass sie nicht traurig sein muss, da ja ihre Oma nun ein Wichtel ist. Die

Carole war dann nicht mehr traurig, sondern wütend. Sie hat das nämlich unfair gefunden, dass ihre Oma ein grüner Wichtel mit langen Ohren ist, nur weil sie Französin war. Friedas Oma dagegen ist ein schöner Engel mit goldenem Gewand und blonden Locken, nur weil sie Österreicherin war. Carole und Frieda hätten deswegen fast einen Riesenkrach gehabt, wäre nicht Karim, Friedas Freund, dazwischen gegangen. Der hat nämlich marokkanische Wurzeln, also wohl die von Dattelpalmen und Orangenbäumen. Karim hat ihnen dann erklärt, dass das alles nur Märchen sind mit dem Weihnachtsmann und dem Christkind. Nun ja, und seitdem ist die Frieda verwirrt und ist sich nicht mehr so sicher, ob die Oma nun wirklich ein Engel ist, denn der Karim ist wahnsinnig gescheit in der Schule! Aber der Opa ist auch gescheit und behauptet fest, die Oma wäre auf alle Fälle ein Engel. Als die Frieda ihrer Mama von diesem Dilemma erzählte, meinte die, wichtig sei nur, was die Frieda glauben möchte, und wenn sie glauben will, dass die Oma ein Engel ist, dann ist sie auch ein Engel, und basta!

Frieda hat nun beschlossen daran zu glauben, dass die Oma ein Engel ist. Dem Opa zuliebe. Denn die Mama sagt, dass ihn dieser Glaube am Leben hält. Ja, seit dem Tod der Oma ist der Opa nämlich wirklich ganz anders, so traurig und oft so abwesend. Der Opa redet viel und laut mit der Oma und behauptet, dass sie immer bei ihm sei und ihm zuhöre. Die Nachbarn machen dann ganz komische Gesichter, wenn sie den Opa wieder mit der nicht vorhandenen Oma reden hören.

Hinter seinem Rücken tuscheln sie und meinen, dass der Opa nun schön langsam etwas verrückt wird. Die Tante Katharina bestätigt das. Sie meint auch, dass er immer vergesslicher werde und er auch schon des Öfteren vergessen habe die Herdplatte abzuschalten oder im Winter die Fenster nach dem Lüften wieder zu schließen. Sie hat dann den Opa, in eine Wolldecke gewickelt mit Pelzhaube auf dem Kopf und Fäustlingen an den Händen, im Bett vorgefunden. Wenn Tante Katharina dann die Mama ganz aufgeregt anruft und ihr neue Opa-Geschichten erzählt, macht sich die Mama immer sehr große Sorgen und auch Vorwürfe, dass die Tante Katharina sich ganz allein um den Opa kümmern muss, weil sie ja so weit weg von Opa und Tante Katharina wohnt.

Der Papa will dann die Mama beruhigen und meint, die Tante Katharina habe keine Kinder und auch keinen Mann und daher unendlich viel Zeit, auf den Opa aufzupassen. Und die Mama habe ihn und zwei Kinder und nicht unendlich viel Zeit. Dann fangen die Mama und der Papa meistens etwas zu streiten an, aber die Frieda versteht nicht viel davon. Anfangs waren Frieda und der kleine Joseph sehr erschrocken, als sie Mama und Papa streiten hörten. Aber als sie nach ein paar Krachs feststellten, dass das Donnerwetter immer nur kurz dauert und Mama und Papa sich immer schnell wieder vertragen, ja sogar herzhaft lachen, beschlossen Frieda und der kleine Joseph, diese Auseinandersetzungen nicht mehr ernst zu nehmen. Die Frieda und der kleine Joseph streiten ja auch immer wieder mal und sind auch nie lange aufeinander böse.

Das letzte Telefonat von Tante Katharina und Mama hat aber einen heftigeren Streit ausgelöst. Der Papa hat die Mama angeschrien, dass er sich sicher nicht von der Tante Katharina und dem Opa seinen langersehnten Urlaub ohne Tanten, Opas und Kinder zerstören ließe. Seit neun Jahren würde er jedes Jahr

seinen Urlaub im langweiligen Österreich verbringen, und er freue sich schon so sehr, nun endlich einmal nur mit der Mama nach Italien zu fahren! Und dann stürmte er hinaus und fuhr mit dem Auto davon. Die Mama weinte und jammerte, dass sie zwischen zwei Stühlen sitze. Dabei ist sie eigentlich zwischen Küche und Wohnzimmer hin- und hergelaufen.
Und sie jammerte: „Der Opa hat wohl Alzheimer und kann nicht mehr allein gelassen werden.“ Die Frieda hat gar nichts verstanden. Der kleine Joseph schon zwei Mal nichts. Alzheimer? Die Mama meinte wohl Altheimer, das Bier, das aus dem Nachbarort vom Opa kommt und das der Opa und seine Pflanzen täglich trinken. Vielleicht trinkt er mehr als eine oder zwei Flaschen am Tag davon, und die Frieda weiß genau, dass zu viel Bier nicht gesund ist, auch wenn der Opa das Gegenteil davon behauptet. Ja, vielleicht kann man ihn deswegen nicht mehr alleine lassen, weil er sonst zu viel Bier trinkt.
Nach langem Hin- und Herlaufen rief Mama Tante Katharina zurück und erklärte ihr, dass ihre Ehe von diesem Sommer abhängt und sie keine andere Möglichkeit hat, als die Kinder bei Tante Katharina und dem Opa zu lassen und mit dem Papa den versprochenen Urlaub zu machen. Die Tante Katharina war davon gar nicht begeistert, zusätzlich zum Opa nun auch noch Mamas Kinder am Hals zu haben. Frieda und der kleine Joseph belauschten das Telefonat und machten große Augen! Die Ehe von Mama und Papa in Gefahr! Italien!? Und Frieda und der kleine Joseph allein bei Tante Katharina, die sich alles andere als auf sie freut! Was für eine Katastrophe! Sie hielten eine Krisensitzung ab, kamen aber auf keine andere Lösung, als brav zu gehorchen. Denn sie wollten absolut nicht, dass die Ehe von

Mama und Papa in die Brüche geht. Und die einzige Chance war wohl wirklich, dass Mama und Papa allein auf Urlaub fahren. Und dann müssen wohl oder übel Frieda und der kleine Joseph allein zu Tante Katharina fahren, eine nicht so lustige Vorstellung. Zum Glück war der Opa dort, das war zumindest ein Lichtblick in der Urlaubsplanung.

2. Kapitel

Der letzte Schultag kam viel zu schnell. Frieda bekam ihr Zeugnis und verabschiedete sich mit Wehmut von ihren Freunden Carole und Karim. Denn schon morgen sollte es losgehen, zu dem mit Bauchweh ersehnten Österreich-Urlaub, allein mit dem kleinen Joseph, bei Tante Katharina.
Zu Hause herrschte eine zwiespältige Stimmung. Frieda und der kleine Joseph packten mit wenig Begeisterung ihre wichtigsten Habseligkeiten. Vor allem der kleine Esel Luciano, ein Stofftier, das der kleine Joseph seit seiner Geburt mit sich rumschleppt, durfte nicht fehlen.
Die Mama war auch betrübt und machte sich andauernd Vorwürfe, dass sie der Tante Katharina so zur Last fällt, wo sie doch eh schon so viel Arbeit mit dem Opa hat. Nur der Papa war guter Dinge. Er pfiff vor sich hin, die Melodie von Benny Hill, die er sonst immer bei Basketballspielen pfiff, und packte Badehose und Fotoapparat in seinen Koffer. Gegen Abend brach dann Hektik in Friedas Familie aus, zuerst bei der Mama und dann auch bei allen anderen Familienmitgliedern, inklusive den zwei Katzen. Denn es war noch immer nicht alles fertig gepackt, geschweige denn das Haus auf Vordermann gebracht worden. Außerdem hatte Papa vergessen, genügend Katzenfutter einzukaufen, und der Mama war es nun sehr peinlich, die Nachbarin, die sich während ihrer Abwesenheit um die Katzen kümmern würde, auch noch darum bitten zu müssen, Katzenfutter zu kaufen. Die Mama fuchtelte wild mit ihren Händen rum und verteilte mit schriller Stimme Aufgaben an Papa, Frieda und den kleinen Joseph. Sie tat aber keinen Handgriff, sondern lief nur

nervös hin und her. Papa nannte sie „kleiner Diktator", was die Mama immer noch viel wilder machte. Aber schließlich hatte Papa dann die Mama besänftigt, dass es doch jedes Jahr das gleiche Chaos sei und sie noch jedes Jahr rechtzeitig in den Urlaub aufgebrochen seien. Die Mama suchte sich dann etwas zu trinken, etwas Starkes, und hat sich auf die Terrasse verzogen, während Papa, Frieda und der kleine Joseph Badezimmer und Küche putzten. Kurz vor Mitternacht war alles fix und fertig, die gepackten Koffer im Auto, das Haus geschrubbt und geputzt, der Ersatzschlüssel samt Instruktionen und Katzenfuttergeld bei der Frau Nachbarin, und Frieda und der kleine Joseph in ihren Betten!
Am nächsten Tag, in aller Früh, es war noch dunkel, ging es dann los. Wie immer war es eine enorm lange und langweilige Autofahrt. Frieda und der kleine Joseph versuchten die Zeit totzuschlagen, indem sie gelbe Autos zählten. Dann Autos mit nicht französischen Kennzeichen. Dann spielten sie „Ich seh', ich seh', was du nicht siehst". Dann „Ich geh auf eine Reise und packe meinen Koffer". Da fiel Mama ein, dass sie doch glatt ihren Föhn vergessen hatte. Krawuzi Kapuzi! Aber sie waren schon zu weit, um nochmals umzudrehen. Später sangen sie lautstark zu den Beatles, bis der Papa Kopfweh hatte. Dann mussten Frieda und der kleine Joseph leise sein. Wenn man aber leise sein muss, dann schafft man das meistens nicht. Eher das Gegenteil, man muss dann ziemlich viel kichern, was dem Papa noch mehr Kopfweh bescherte. Das war dann endlich das Zeichen für eine Pause!
Nach einigen Jausenbroten für die Kinder, einem Aspirin für Papa, gegen das Kopfweh, verursacht durch das falsche Singen von Frieda und dem kleinen Joseph, und einem Aspirin für die

Mama, gegen das Kopfweh, verursacht durch das starke Getränk vom Vorabend, fuhren sie weiter. Aber sie mussten bald wieder stehen bleiben, sie hatten nämlich vergessen aufs Klo zu gehen. So brauchten alle vier bald eine Pinkelpause. Aber danach ging es wirklich weiter, in Richtung Osten, immer der Sonne entgegen. An der deutschen Grenze verabschiedete sich die Sonne und dicke Wolken zogen am Himmel auf. Der Papa, als alter Franzose, meinte, dass das ja zu erwarten gewesen sei, und war auch nicht überrascht, dass es wenig später zu regnen begann. Schließlich wurde es Abend, und Frieda und der kleine Joseph begannen zu jammern, dass ihr Rücken weh tue und sie nicht mehr sitzen könnten. Die Mama versicherte ihnen, dass es nun gar nicht mehr weit sei und sie es fast schon geschafft hätten. Irgendwann schliefen Frieda und der kleine Joseph ein, und als die Mama sie weckte, war es schon stockdunkel. Aber sie waren angekommen, bei Opa und Tante Katharina. Puuh, was für eine Wohltat nach über 15 Stunden Autofahrt!

Der Opa freute sich sehr, die Mama, die Frieda, den kleinen Joseph und auch den Papa endlich mal wieder zu sehen. Er umarmte die Mama lang, hat der Frieda und dem Joseph zugezwinkert und ein Bussi auf die Stirn gedrückt. Dem Papa klopfte er fest auf den Rücken und sagte dabei laut: „sa wa“, was auf Französisch so viel heißen soll wie „Wie geht's?“

Man muss nämlich wissen, dass, auch wenn der Opa nun schön langsam alt wird, er noch immer ein sehr starker und wissbegieriger Mann ist. Und außerdem ist er immer bemüht, mit dem Papa Konversation zu führen. Das läuft viel über Zeichensprache und einige Wörter, die sowohl der Opa auf Französisch gelernt hat als auch der Papa auf Deutsch. Und so war die erste Frage vom Opa: „Magst a Bier? Bier, très bon!“, und der Papa beantwortete sie mit: „Mmmh, ja“ und bemühte sich, das „Ja“ als „Jo“ zu betonen, also im Dialekt, und strich sich dabei mit der Hand über den Bauch. Da grinste der Opa, klopfte erneut dem Papa auf den Rücken und ging dann zufrieden in den Keller, um Bier zu holen.

In der Zwischenzeit tauchte auch die Tante Katharina auf. Sie roch furchtbar gut nach Essen und meinte auch nach einer heftigen Begrüßung, dass das Abendessen schon fertig sei und alle reinkommen und sich an den Tisch setzten sollten. Es gab Gulasch und Semmelknödel mit grünem Salat. Nicht unbedingt die leichte Sommerküche, aber die Tante Katharina weiß ganz genau, dass das Mamas Lieblingsessen ist, und wollte ihr eine Freude machen! Das hatte sie auch wahrhaftig, denn die Mama haute rein, als ob sie schon eine Woche nichts zu essen gehabt hätte. Aber auch Frieda und der kleine Joseph langten ordentlich zu. Der Papa war etwas bescheidener und konzentrierte sich mehr auf sein Bier, das in Österreich nämlich in viel größeren Flaschen getrunken wird als in Frankreich!

Nach dem Essen tranken die Erwachsenen noch Kaffee und plauderten viel. Auch lachten sie ganz viel. Und Frieda und der kleine Joseph stellten mit Erleichterung fest, dass der Urlaub wohl doch nicht so schrecklich werden würde, auch wenn sie allein ohne Mama und Papa hierbleiben würden. Denn eigentlich war die Tante Katharina in Ordnung. Und der Opa sowieso! Und so waren sie komplett erschöpft, aber glücklich ins Bett gekrochen und fielen schon wenige Sekunden später in einen tiefen Schlaf.

3. Kapitel

Am nächsten Morgen, als Frieda die Augen aufschlug, roch es schon gut nach Kaffee und warmen Semmeln. Frieda freut sich jedes Mal wieder auf das gute Gebäck, vor allem auf die handgemachten Kaisersemmerln und Mohnstriezel in Österreich! Das gibt es in Frankreich nicht. Und es geht nichts über eine Marmeladensemmel mit Kakao! Mmmmh!

Mit vollem Elan sprang sie aus dem Bett, tauschte nicht mal das Nachthemd gegen ordentliche Kleidung, sondern schlüpfte barfuß in ihre Schuhe und ging in die Küche. Da waren auch schon die Tante Katharina, die Mama, der Papa und der kleine Joseph am großen runden Tisch versammelt und frühstückten gemeinsam. Die Mama gab der Frieda ein Zeichen, neben ihr Platz zu nehmen, denn da waren schon ein Teller und eine Tasse für sie aufgedeckt.

Die Mama erzählte der Tante Katharina von ihren Urlaubsplänen in Italien. Sie wollten erst mal fünf Tage oder so in die Toskana, Chianti trinken und Florenz besichtigen, und dann noch fünf Tage in die Cinque Terre. Nach zehn Tagen würden sie direkt nach Hause fahren, denn der Papa müsste dann wieder in die Arbeit. Die Tante Katharina erzählte dann ihrerseits, dass sie leider in der ersten Woche arbeiten müsse, aber der Opa sei ja da und könne auf Frieda und Joseph schauen. Und am Wochenende habe sie sich überlegt mit den Kindern einen Ausflug nach Salzburg zu machen: in der Stadt bummeln und vielleicht noch im Zoo vorbeischauen. In der zweiten Woche habe sie dann Urlaub, und falls das Wetter es erlaube, könnten sie an diverse Badeseen in der Umgebung fahren. Und dann würde

Tante Katharina die Kinder nach München bringen und in das Flugzeug nach Montpellier setzen, wo sie dann Mama wieder abholen würde. Frieda war echt erleichtert, das hörte sich alles eigentlich ganz passabel an! Sie freute sich auch, die erste Woche hauptsächlich mit dem Opa zu verbringen, denn der erzählte immer so tolle Geschichten von früher und machte, wie die Mama immer behauptete, lauter Blödsinn mit ihnen. Nur vor der Heimreise, allein mit dem kleinen Joseph im Flugzeug, hatte sie große Angst. Aber sie wollte sich nichts anmerken lassen, denn sie war ja schon groß und Mama hatte ihr oft erklärt, dass eine Stewardess sie vom Flugzeug bis zum Ausgang am Flughafen begleiten würde und sie sich keine Sorgen machen müsse. In diesem Moment schlurfte auch der Opa, bekleidet mit Bademantel und Schlapfen, in die Küche. Er sah noch recht müde aus, ganz verdrückt im Gesicht mit Bartstoppeln am Kinn und ganz zerzausten Haaren, die ihm wild vom Kopf standen. Als er den vollen Tisch sah, blieb er erst mal überrascht stehen. Nach ein paar Sekunden ging er dann zur Mama und streckte ihr die Hand entgegen. „Guten Morgen, meine Gnädigste, darf ich mich vorstellen, Joseph Ferdinand Himmelbauer." Die Mama schaute etwas verdutzt drein, begann dann zu lachen, nahm seine Hand und sagte: „Guten Morgen, gnädiger Herr. Ich habe mir erlaubt, mich an Ihren Tisch zu setzen. Darf ich vorstellen? Meine Tochter Frieda, mein Sohn Joseph, mein Mann Antoine und meine Wenigkeit, Johanna Himmelbauer." Nun war es der Opa, der verdutzt dreinschaute. Und auch die Tante Katharina. Der Opa meinte dann, dass das ja nun wahrhaftig ein sehr seltener Zufall sei, dass das gnädige Fräulein auch den Namen Himmelbauer trägt. Denn es gebe nicht viele Himmelbauer in dieser Gegend, und die kenne er alle. Und überhaupt habe der Herr Gemahl einen lustigen Namen. Sollte der nicht eher Anton heißen? Bevor die Mama etwas entgegnen konnte, fuhr die Tante Katharina dazwischen und meinte: „Aber Papa, erkennst du denn unsere Johanna nicht mehr? Deine Tochter. Du weißt schon, die wohnt in Frankreich mit ihrer Familie." Und zu Mama gewandt sagte sie etwas leiser: „Siehst du, ich hab's dir doch gesagt. Er wird immer schrulliger und vergisst so viele Dinge. Aber dass er sich nun sogar an dich nicht mehr richtig erinnern kann ... puuh!" Der Opa bemühte sichtlich sich zu konzentrieren. Er bekam dicke Denkfalten auf der Stirn und murmelte in sich hinein: „Johanna, Frankreich, Johanna, Tochter, Johanna". Dann hellte sich plötzlich seine Miene auf und er begann zu grinsen. „Johanna, nein, an eine Johanna kann ich mich nicht erinnern. Aber an meine liebste Ottilie kann ich mich nur allzu gut erinnern, und dieses hübsche Mädchen hier – wie, sagten Sie, heißt sie noch gleich? Also, dieses hübsche Mädchen hier ist ihr wie aus dem Gesicht geschnitten. Dieselben wunderschönen leuchtend grünen Augen, derselbe kirschrote Mund und die schönsten orangen Locken weit und breit. Man könnte doch glatt glauben, es sei meine Ottilie, die hier an meinem Tisch sitzt!" Und dabei himmelte er die Frieda an und streichelte ihr über den Kopf. Frieda machte große Augen! Auch der Rest der Familie. „Aber Opa, ich bin's, die Frieda, deine Enkelin!", sagte Frieda. Der Opa aber grinste sie weiter an und nickte. Die Tante Katharina erholte sich als Erste wieder von diesem Schock. Sie stand vom Tisch auf und legte dem Opa den Arm um die Schulter. Sie schob ihn sachte vom Tisch weg, aus der Küche hinaus und sagte zu ihm, dass er sich

doch etwas hinlegen sollte. Und dann, in einer Stunde oder so, würde sie ihn wecken und er würde mal eine kalte Dusche nehmen und dann richtig munter werden. Dann würde er sich bestimmt wieder an alles erinnern können.
Die Mama, Frieda und der kleine Joseph schauten ganz verdattert drein. Nur der Papa nicht, denn der hatte den ganzen Opa-Auftritt nicht wirklich verstanden. Die Mama klärte ihn endlich auf und erzählte ihm, was soeben passiert war. Dabei redete sie wieder von einer Alzheimer-Krankheit. Die Frieda glaubte, dass die Mama nun womöglich dem Papa die Schuld für Opas Verwirrung geben würde, weil er gestern Abend mit dem Opa Altheimer Bier getrunken hatte. Das tat sie aber dann gar nicht. Aber besorgt wirkte sie und meinte, dass sie vielleicht doch nicht nach Italien fahren sollten, oder zumindest ein paar Tage später aufbrechen sollten. Genau da kam Tante Katharina wieder in die Küche. Sie verstand, was die Mama dem Papa gerade gesagt hatte, und sagte: „Fahrt ruhig! Der Opa hat öfters solche Momente der Verwirrung, und er kennt sich schon bald wieder aus.“ Nun war die Mama verwirrt, denn sie hätte nicht gedacht, dass die Tante Katharina nun plötzlich so dafür war, dass sie und der Papa allein auf Urlaub fahren, während die Kinder hier blieben. Sie warf dem Papa einen bösen Blick zu, aber der grinste und zwinkerte ihr zu. Selbst Frieda konnte diese Körpersprache verstehen. Papa hatte Tante Frieda bestimmt wieder ganz tolle französische Köstlichkeiten versprochen. Denn die Tante Katharina steht total auf den ganzen französischen Kram, foie gras und paté und rillette und Bordeaux-Wein und Zwiebelmarmelande, also Konfitüre, und Olivenpaste und, und, und ... Mama warf dem Papa einen zweiten, sehr bösen

Blick zu, dann aber sagte sie mit einem Lächeln zu Tante Katharina: „Okay, wenn du das sagst, dann wird das schon passen. Aber scheue nicht davor zurück, uns anzurufen, denn wir können unseren Urlaub jederzeit abbrechen und zu euch zurückkommen."

Zu Mittag warf Tante Katharina den Opa aus dem Bett und schob ihn in die Dusche. Sie kann wirklich sehr streng sein, da traut man sich nicht zu widersprechen. Na, aber es half. Denn nach der Dusche kam der Opa, blitzeblank, rasiert, gekämmt und sauber gekleidet in die Küche. Er grüßte alle und schenkte sich einen Kaffee ein. Dann fragte er Mama, ob sie denn gut geschlafen hätten und wann sie denn gedächten, nach Italien aufzubrechen. Und er tat so, als ob alles ganz normal wäre und sein Auftritt am Vormittag nie stattgefunden hätte. Die Tante Katharina nickte der Mama zu und sagte: „Ich hab's dir doch gesagt." Die Mama war erleichtert. Und der Papa erst. Aber Frieda und der kleine Joseph waren sich einig, dass das definitiv sehr komisch war und da irgendetwas gar nicht mit dem Opa stimme. Und in den nächsten Tagen, die sie mit dem Opa hauptsächlich allein verbringen sollten, wollten sie herausfinden, was mit ihm denn nicht in Ordnung ist.

Nach dem Mittagessen brachen Mama und Papa dann auf. Der kleine Joseph weinte. Es war ja das erste Mal, dass er so lange ohne Mama sein würde. Aber Frieda und der Opa trösteten ihn und der Opa versprach, sehr bald mit ihm eine Motorradtour zu unternehmen. Da war der kleine Joseph gleich wieder besser aufgelegt und winkte mit roten Augen dem Auto von Mama und Papa hinterher.

4. Kapitel

Am nächsten Tag war es dann so weit. Die Sonne lachte vom blitzblauen Himmel, es war wohlig warm und der Opa meinte, es sei an der Zeit, eine kleine Spritztour zu unternehmen! „Hurra!", schrien die Frieda und der kleine Joseph wie aus einem Mund und hüpften um den Opa herum. Der sagte, dass er nur ein paar Sachen zusammensuchen müsse und dann gehe es los. Dass sie aber der Tante Katharina besser nichts von diesem Ausflug erzählen sollten, denn sonst würde sie wieder stundenlang meckern, dass der Opa für solche Späße zu alt sei. Die Nachbarin wollte er mit einer Schüssel voller Ribiseln aus dem Garten bestechen, sodass dieses „Ratschweib", wie sie der Opa nannte, auch schweigen würde.

Während der Opa noch im Haus beschäftigt war, gingen Frieda und der kleine Joseph schon in die Garage. Und da stand es, das schöne, alte Motorrad vom Opa, sogar mit Beiwagen. Der kleine Joseph kletterte gleich auf das Motorrad und setzte sich hinter den Lenker, gab ordentlich Gas und machte „brumm brumm". Die Frieda suchte währenddessen Lederkappen und Brillen für sich und den Joseph, den alten Sturzhelm, der eher einem Nachttopf glich, und die alten Lederhandschuhe für den Opa.

Nach fünf Minuten war dann alles bereit. Der Opa stopfte einen alten Wanderrucksack voll Proviant - nämlich zwei Flaschen Kaiserbirnkracherl, eine Flasche Bier und was zu knabbern - in den Beiwagen. Dann schob er die Beiwagenmaschine aus der Garage und startete per Fußhebel das Motorrad. Das war jedes Mal das gleiche Ritual. Zuerst mussten ein paar Hebel

und Knöpfe gedrückt werden, und dann musste der Opa einige Male den Fußhebel nach unten treten, bis der Motor endlich aufsurrte. Das sah sehr anstrengend aus und man brauchte wirklich viel Kraft. Der Opa ließ die Frieda mal versuchen, den Fußhebel nach unten zu treten, aber der hatte sich keinen Millimeter bewegt. Letztendlich setzten sich Frieda und der kleine Joseph die Lederkappen und die Brillen auf und krabbelten in den Beiwagen.
Der Opa kippte das Verdeck des Beiwagens runter, setzte sich selbst seinen Helm auf und stieg auf das Motorrad. Ein lautes Klicken, dann brummte auch schon der Motor laut auf und sie fuhren los. Am Anfang ganz gemächlich. Sie winkten der alten Nachbarin zu, die ihnen mit der Schüssel Ribiseln in der Hand verdutzt nachschaute, und schon waren sie um die Kurve gebogen, auf die große Straße hinaus. Und da kam dann schließlich Leben in den Opa, denn er beschleunigte, und in der nächsten Kurve legte er sich samt seinem Motorrad so sehr in die Kurve, dass der Beiwagen kurz den Bodenkontakt verlor und in der Luft schwebte! Frieda und der kleine Joseph schrien auf und lachten laut vor Aufregung! Und der Opa, angefeuert von den Kindern, gab noch mehr Gas und sauste aus der Stadt hinaus!
Ach, war das schön! Der Opa liebte Motorradfahren. Er sagte immer, dass das so ein schönes Gefühl sei, von Freiheit und von Schwerelosigkeit. Nur Fliegen sei wahrscheinlich noch schöner, aber weil der Opa noch nie geflogen war, konnte er es nicht mit Gewissheit sagen.
Die drei, die Frieda, der kleine Joseph und der Opa, fuhren einige Zeit auf der Landstraße dahin. An Feldern vorbei, durch Wälder, und in der Ferne ließen sich die Berge erkennen, auf die sie

zusteuerten. Nach über zwei Stunden hatten sie über Umwege Hallstatt erreicht und hielten an der Strandpromenade. Als der Opa vom Motorrad und Frieda und der kleine Joseph aus dem Beiwagen kletterten, drehten sich einige Leute nach ihnen um. Anfangs war es Frieda unangenehm, aber mittlerweile hatte sie sich daran gewöhnt, ja sie genoss es sogar, dass man mit dem Opa immer auffiel. Der Opa war wirklich etwas Besonderes und lenkte unbewusst die Aufmerksamkeit vieler Menschen auf sich. Wahrscheinlich deshalb, weil er sich nicht viel um das Gerede der Leute scherte und sich meistens nicht nach der Norm verhielt. Ja, und auch das alte Motorrad fiel natürlich auf.

Der Opa schlug vor, in ein Kaffeehaus einzukehren, denn nach dieser langen Fahrt hätten sie sich nun einen großen Eisbecher verdient! Frieda und der kleine Joseph waren natürlich einverstanden und bestellten den größten Eisbecher mit Schlagobers, den es auf der Karte gab. Der Opa bestellte sich den gleichen und freute sich mindestens genauso über sein Schirmchen und die Glitzerdekoration! Der kleine Joseph meinte, dass es eigentlich noch zu früh für Eis sei, die Mama hätte Eis sicher erst nach dem Mittagessen erlaubt. Da verdrehte der Opa die Augen und meinte, dass die Mama ja nicht da sei und dass es heute zum Mittagessen Schokoeis und als Nachtisch Erdbeereis gebe! Ha! Und vielleicht am Nachmittag nochmals eine Portion Vanilleeis. Man kann nie genug davon haben, vor allem im Sommer!

Nach dem Mittagessen gingen die drei am See entlang spazieren. Der Opa erzählte von der Oma, mit der er oft hier war. Und einmal, da waren der Opa und die Oma noch ganz jung, bevor die Mama und die Tante Katharina auf der Welt waren, kamen sie in ein Gewitter. Das hat sich so schnell zusammengebraut, dass sie es nicht mehr rechtzeitig zum Motorrad, geschweige denn heim geschafft hätten. Sie suchten schnell Unterschlupf und fanden eine alte, leerstehende Scheune. Kaum waren sie drinnen, prasselte der Regen nur so runter. Blitze leuchteten alle paar Sekunden auf und schlugen in den See ein. Das war ein richtig wildes Donnerwetter. Obwohl Donner und Regen am Dach so laut waren, hörten sie ein komisches Geräusch. Ein Kratzen und Surren.

Die Oma hielt sich am Opa fest, denn sie hatte Angst vor dem Gewitter und auch vor dem unbekannten Geräusch. Plötzlich sprang den Opa von hinten etwas an. Er hatte einen ziemlichen Schreck, drehte sich aber mit einem Satz um und holte zu einem Karateschlag aus. Dann erst merkte er, dass es bloß eine Katze war. Eigentlich war es ein kleiner Kater, der sich auch vor dem Gewitter gefürchtet und in der Scheune versteckt hatte. Er hatte orange-rote Haare wie die Oma und war sehr zutraulich.

Als das Gewitter vorübergezogen war und sich der Opa und die Oma auf den Weg zum Motorrad machten, folgte ihnen der kleine Kater auf Schritt und Tritt. Und kaum hatten sie das Motorrad erreicht, hüpfte er auch schon in den Beiwagen und war nicht mehr herauszubekommen. Er schaute sie treuherzig an und miaute.

Da beschlossen Opa und Oma, den Kater zu adoptieren und mit nach Hause zu nehmen. Sie nannten ihn Fridolin, und er lebte über zwölf Jahre bei ihnen!

Nach einer Weile kamen Opa, Frieda und Joseph an einen kleinen Badestrand. Weil die Sonne so einladend und warm auf sie herunterschien, und das Wasser so blitzblau leuchtete, entschieden sie, ein Boot zu mieten und eine Runde am See zu

drehen. Sie mussten zwischen Tretboot und Elektroboot wählen. Der Opa tippte sich mit dem Zeigefinger gegen die Stirn und meinte, dass er bestimmt nicht wie wild strampeln werde, wenn er schon die Möglichkeit auf Faulsein habe. So nahmen sie das Elektroboot, obwohl es etwas teurer war. Und schon brausten sie los. Als sie außer Sichtweite waren, ließ der Opa den kleinen Joseph das Steuer übernehmen, was eigentlich verboten war, denn nur Erwachsene durften laut Vorschrift das Elektroboot in Betrieb nehmen und lenken. Dem Opa schien das egal zu sein, denn er beauftragte den kleinen Joseph, ans andere Ufer zu fahren, sehr vorsichtig zu sein und niemanden, seien es Vögel oder schwimmende Menschen, zu überfahren. Denn er, der Opa, sei plötzlich furchtbar müde und wolle sich für ein paar Minuten ausruhen. Der kleine Joseph bekam vor lauter Aufregung ganz rote Wangen über diese große Verantwortung und setzte sich stolz hinter das Lenkrad. Zu seiner Schwester sagte er, sie sei sein Co-Pilot. Darauf erklärte ihm Frieda, dass Piloten üblicherweise Flugzeuge steuerten und nicht Boote. „Dann halt Co-Matrose, oder noch besser, Co-Pirat, jawohl!", rief der kleine Joseph. In diesem Moment hörten sie ein lautes Schnarchen. Der Opa war, das Kapperl tief ins Gesicht gezogen, und an die Reling angelehnt, schon eingeschlafen.
Nach einer knappen halben Stunde und einigen Extra-Runden um eine kleine Insel mitten im See waren sie nun in der Nähe des gegenüberliegenden Ufers angekommen. Frieda meinte, sie sollten lieber nicht zu nah ranfahren, weil es erstens Geschick brauchte, am Bootssteg einzuparken, und zweitens niemand es sehen sollte, dass ein kleines Kind das Boot steuerte. Der kleine Joseph war etwas beleidigt, weil er glaubte, das Boot durchaus am Steg parken zu können, stimmte dann aber Frieda zu. Er

ging vom Gas, und das Boot verlor an Geschwindigkeit. Frieda setzte sich neben ihren Opa, fasste ihn am Oberarm und sagte: „Opa, aufwachen! Wir sind da!" Der Opa schnarchte laut und machte keinerlei Anstalten munter zu werden. Da versuchte es Frieda lauter und schüttelte seinen Arm etwas kräftiger. Keine Chance. In diesem Moment rief der kleine Joseph „Land in Sicht! Alle Mann an Deck!. Bereit machen zum Landgang! Auf dieser unbekannten Insel ist vermutlich ein Goldschatz versteckt, den wir finden müssen!". Frieda drehte sich zum kleinen Joseph um und verdrehte die Augen. Der Opa aber sprang auf, dass das Boot nur so wackelte und Wasser ins Boot schwappte! Er selbst geriet so ins Schwanken, dass er beinahe über Bord gegangen wäre und sich gerade im letzten Moment an Frieda festklammern konnte. Dann schrie er „Aye, aye, Captain! Alle Mann an Land auf Schatzsuche!". Der kleine Joseph freute sich sehr, dass der Opa mitspielte, und lächelte triumphierend zur Frieda! „Also gut, wenn ihr beide Piraten spielen wollt, von mir aus, dann mach ich halt auch mit", sagte Frieda. Der kleine Joseph war komplett aus dem Häuschen und befahl dem Opa, den er nun Pirat Stoppelbart nannte, das Steuer wieder zu übernehmen. Zu Frieda sagte er, sie heiße nun ‚die rote Wilma' und er sei ‚Captain Feuerjoe'.

Zu Friedas Überraschung gehorchte Pirat Stoppelbart, setzte sich ans Steuer und sagte „Aye, aye, Captain Feuerjoe, Steuerbord voraus!" Und schon bewegte sich das Boot in Richtung Seeufer. Voller Elan und natürlich viel zu schnell fuhr der Opa, sodass das Boot mit einem Rums gegen den Steg und anschließend gegen ein anderes Boot, das dort angelegt hatte, krachte! Einige Leute, die am Bootssteg standen und miteinander redeten,

fuhren erschreckt auf, und ein dicker Herr mit rotem Gesicht und ungepflegten langen Haaren schrie laut: „Hallo! Na hören Sie mal, Sie können doch nicht einfach so wild mein Boot rammen! Sind Sie denn verrückt?" Opa hob seine Hand zum Gruß und sagte: „Habe die Ehre, mein gnädiger Herr. Dies ist Captain Feuerjoe und seine Crew. Unsere Mission ist es, einen Goldschatz zu bergen, aber vorher brauch ich mal eine Flasche Rum! Denn ich bin Pirat Stoppelbart und ohne Rum kann ich weder unser Piratenschiff gut steuern, noch eine Schatzkarte lesen. Wo bitte geht's denn hier zur nächsten Bar?"
Na, das hat gesessen! Sowohl der dicke Herr und seine Freunde als auch Frieda und der kleine Joseph waren sprachlos! Der Opa aber hat nicht lang gezögert. Er kletterte fit wie ein Turnschuh aus dem Boot auf den Steg und vertäute das Boot. Dann half er Frieda und dem kleinen Joseph aus dem Boot und sagte zu ihnen: „Diese feinen Herren sind sich wohl zu gut, um mit uns Piratenpack zu reden. Sei's drum, wir finden den Rum und den Schatz auch ganz allein!"
Und dann war er auf und davon in Richtung eines gelben Hauses, das unmittelbar in der Nähe des Stegs stand und mit einigen Tischen und Sonnenschirmen als Bar zu erkennen war. Noch lange konnte Frieda die Leute am Steg schimpfen hören, dass es unerhört freche Leute gibt und dass man das eigentlich anzeigen müsse, eine solche Frechheit sei das.
„Komisch, da steht Kaffeehaus drauf, und nicht Bar. Nun ja, die werden wohl trotzdem ein Fässchen Rum haben", grinste der Opa und setzte sich an einen freien Tisch. Wenig später kam auch schon eine hübsche Frau und wollte die Bestellung aufnehmen. Der Opa bestellte: „Eine Flasche Rum und eine

Dose Kautabak, Schätzchen", und dabei lachte er heiser! Frieda und der kleine Joseph machten große Augen. „Aber Opa, die Frau weiß doch nicht, dass wir Piraten spielen", sagte Frieda. Nun lächelte die Frau und zwinkerte dem Opa zu, „Herr Pirat, wir haben leider keinen Rum, auch keinen Kautabak. Aber ich könnte Ihnen ein Bier und eine Packung Zigaretten anbieten". Der Opa sagte zu Frieda: „Was heißt hier spielen? Etwas Musik könnte man aufspielen. Aber gut, das hier schimpft sich ja Kaffeehaus und nicht Bar. Also werde ich mich auch mit einem Bier und einer Zigarette zufrieden geben."

Die nette Frau fragte nun Frieda und den kleinen Joseph, was es für sie sein dürfe, und beide waren sich einig: eine Cola. Mama war ja nicht da, das musste man ausnutzen! Alle drei genossen ihre Getränke und blickten verträumt auf den See. Der Opa rauchte genüsslich seine Zigarette und blies mit dem blauen Rauch Ringe in den Himmel. Schließlich sagte er: „Captain Feuerjoe, haben wir nun eigentlich eine Schatzkarte, oder wie gehen wir bei der Schatzsuche vor?" Der kleine Joseph war ganz verdutzt, dass der Opa noch immer mitten im Piratenspiel war. Frieda meinte, dass man wahrscheinlich bald umkehren und sich auf den Heimweg machen müsse. Es sei ja schon später Nachmittag, und die Tante Katharina würde sich bestimmt Sorgen machen, wenn Opa, der kleine Joseph und Frieda nicht da wären, wenn sie von der Arbeit nach Hause kam. „Was ist denn das für eine Tante? Von der hab' ich noch nie gehört. Und wo ist denn ihr Daheim? In der Karibik?", fragte Opa. Der kleine Joseph lachte. Die Frieda aber begann sich Sorgen zu machen und sagte: „Opa, jetzt hör mal auf mit dem Blödsinn. Du machst mir Angst." „Du traust dich aber ganz schön

was, mich Opa zu nennen. Ich bin zwar schon etwas älter, aber ich bin noch immer Pirat Stoppelbart und nicht irgend so ein Opa, ist das klar? Ich nenne dich ja auch nicht Küken, bei allem Respekt, rote Wilma!", sagte der Opa, klopfte ihr mit der Hand freundschaftlich auf den Rücken und lachte wieder heiser.
Dem kleinen Joseph verging nun auch das Lachen. „Opa, das mit den Piraten und dem Schatz war doch nur ein Spiel", sagte er. „Jetzt fängt unser Captain auch noch an, wirres Zeug zu reden. Was ist denn in euch gefahren?", fragte der Opa nun auch besorgt.

5. Kapitel

Opa, alias Pirat Stoppelbart, hatte offensichtlich Schwierigkeiten, die Realität vom Piratenspiel zu unterscheiden. Was war nur in ihn gefahren? Frieda machte sich ernsthaft Sorgen und flüsterte dem kleinen Joseph zu, dass der Opa wohl wieder so verwirrt sei wie am Vortag, als er nach dem Aufstehen in der Küche weder die Mama noch sie erkannt hatte. Aber wieso war das nur so? Und was konnte man dagegen tun? Und was sollten sie mit ihm hier am Seeufer nun anfangen? Oje, das war ein ernsthaftes Problem.

Und je länger Frieda überlegte, was zu tun sei, desto verzweifelter wurde sie. Denn sie bemerkte nun, dass es schon spät wurde, in zwei Stunden würde die Sonne untergehen, und sie wusste nicht, wo sie waren. Sie wusste auch nicht, wie sie wieder nach Hause zur Tante Katharina kommen sollten. Zwar kannte sie den Namen der Stadt, in der der Opa und die Tante Katharina wohnten, wusste aber nicht, wie man dorthin kam. Und sie konnte Tante Katharina nicht anrufen, denn sie wusste ihre Telefonnummer nicht auswendig. Die war zwar in ihrem Mobiltelefon gespeichert, aber das lag in der Küche beim Opa. Und zudem war der Akku leer.

Verflixt und zugenäht! Das war wirklich eine verzwickte Situation! Der kleine Joseph wurde nun auch sehr ängstlich und jammerte vor sich hin, dass er zur Mama möchte. Einzig der Opa war halbwegs guter Dinge, denn der fragte nur: „Und was steht als Nächstes an? Heben wir den Schatz heute noch, oder sollen wir es auf morgen verschieben?"

Frieda entschied, dass es heute sowohl für die Schatzsuche als auch für alles andere zu spät war.

Sie delegierte ganz à la Mama den kleinen Joseph und den Opa zurück zum Boot und herrschte den Opa an, wieder ans andere Ufer zu fahren. „Captain Feuerjoe, was ist nur los mit dir? Lässt du dir das von der roten Wilma gefallen? Die führt sich hier ja wie der Captain auf. Typisch Frau, die haben nämlich in Wirklichkeit die Hosen an. Ja, ja. Was soll man da machen?" Frieda entschied, sich nicht auf eine Diskussion einzulassen, und bestimmte einfach weiter: „Volle Fahrt voraus!"
Als sie am anderen Seeufer angekommen waren, fanden sie die Bootsanlegestelle nicht gleich. Aber der Angestellte der Bootsvermietung wartete schon auf sie und winkte ihnen ganz aufgeregt mit einem roten Tuch zu.
Sie waren die Letzten, die das Boot zurückgeben mussten, und er wollte endlich Feierabend machen. Opa meinte, dass es sich wohl um einen Schiffbrüchigen handeln müsste, weil er gar so wild mit dem Tuch winkte. Frieda aber herrschte ihn an, dass sie nun nicht die Zeit hätten, mit möglichen Schiffbrüchigen oder Piraten zu verhandeln, denn sie mussten schleunigst zurück zur Beiwagenmaschine. Das war ein Signalwort, denn der Opa runzelte nachdenklich die Stirn und sagte nach einer Weile: „Ja, eine Beiwagenmaschine hatte ich auch einmal." Frieda erklärte ihm, dass er die noch immer habe und sie nur ein paar hundert Meter weg von der Bootsanlegestelle geparkt sei. Und dass sie nun mit genau dieser Beiwagenmaschine wieder heimfahren sollten. Sie erklärte dem Opa auch so gut sie konnte, wo er wohnte, nannte ihm den Namen der Stadt, beschrieb ihm seinen schönen Garten mit dem schönen Kastanienbaum und erzählte von Tante Katharina. Aber so richtig wollte sich der Opa nicht erinnern. Er machte ein paar grunzende Laute und

sagte nur: „Mit meiner Ottilie hab' ich auch einmal in so einem schönen Haus mit Garten gewohnt. Ach, was hatten wir für einen schönen Garten! So viele Blumen. Und im Winter hat meine Ottilie immer Vogelfutter in die Fenster und in den Kastanienbaum gehängt, und wir hatten so viele Vögel im Garten: Amseln, Rotkehlchen, Blaumeisen, Spatzen. Das war ein Konzert! So schön. Und der Kater Fridolin hat sich so aufgeregt. Der konnte sich gar nicht einkriegen vor lauter Schimpfen. Ist am Fensterbrett gesessen und hat wie ein Hund geknurrt. Ach ja, das waren Zeiten."
Frieda ließ nicht locker und begann wieder von Tante Katharina zu erzählen, aber an die wollte oder konnte sich der Opa einfach nicht erinnern. Das war schon sehr komisch!
Schließlich kamen sie bei der geparkten Beiwagenmaschine an. Der Opa schien sich an sein Motorrad wieder erinnern zu können. Liebevoll streichelte er dem Motorrad über den Tank. Aber an sein Zuhause konnte er sich immer noch nicht erinnern. Es fing nun auch schon an zu dämmern, und die Sonne stand ganz tief und dunkelrot über dem Seeufer. Der Opa schaute fasziniert in den Sonnenuntergang und sagte nur: „Ich bin so müde. Was haltet ihr davon, wenn wir uns hier ein Gästezimmer nehmen und uns ein wenig ausruhen? Morgen können wir dann besprechen, wie es weitergeht, mit der Schatzsuche." Frieda und der kleine Joseph hatten keine andere Wahl und willigten ein.
Dort, wo die Beiwagenmaschine geparkt war, war die Pension Pichler. Die Dame am Empfang war sichtlich verwundert, einen älteren Herrn mit zwei Kindern zu sehen, sagte aber nur, dass sie Glück hätten, denn nur noch ein Zimmer sei frei. Und das sogar mit Blick auf den See. Der Opa musste ein Formular

ausfüllen, mit Name und Anschrift, und hatte offensichtlich Probleme damit. Schnell kam ihm Frieda zu Hilfe und diktierte: „Name: Joseph Himmelbauer. Anschrift: 7 rue de Gignac, 34570 Montarnaud, Frankreich. Telefonnummer: keine, und Mail: auch keine. Dann da noch unterschreiben." Der Opa gehorchte brav und kritzelte brav den Namen und auch die von der Frieda buchstabierte Adresse hin. Dann kramte er in seinen Hosentaschen, zog einen 50-Euro-Schein heraus und zahlte das Zimmer. Die Empfangsdame war beeindruckt davon, Besuch aus Frankreich zu haben, und wurde neugierig. Frieda wollte nicht zu viele Fragen, vor allem nicht für den Opa. Daher ergriff sie die Initiative und erklärte, dass der Opa ursprünglich aus Österreich sei, aber nun bei ihnen in Frankreich wohne. Denn der Papa sei Franzose und sie und der kleine Joseph seien daher halb-halb. Der Opa aber sei ein echter Österreicher. Die Dame war mit dieser Erklärung zufrieden, und sie konnten endlich in ihr Zimmer gehen.

Das Zimmer war groß und schön. Es gab ein großes Doppelbett, in das sich alle drei fallen ließen. Und sie hatten wirklich einen sehr feinen Blick auf den See! Der kleine Joseph hüpfte ein wenig auf der Matratze auf und ab und äußerte den Wunsch, noch ein wenig fernsehen zu dürfen. Frieda meinte: Das hätte die Mama aber sicher nicht erlaubt. Aber die war ja nicht da. Also legten sich alle drei der Länge nach hin, der kleine Joseph in der Mitte, und schauten fern. Sie fanden einen Krimi, der gerade begonnen hatte, und der kleine Joseph war ganz aufgeregt, dass er nun angezogen, sogar mit den Schuhen, im Bett liegen und einen Krimi für Erwachsene anschauen durfte. Das war voll cool! Frieda musste ihm zustimmen. Das war schon was

Besonderes und fühlte sich so richtig gut an. Der Opa meinte: „Das habe ich auch schon lange nicht mehr gemacht, einen gemütlichen Fernsehabend im Bett. Aber ein kleiner Imbiss fehlt noch!“. Da fiel der Frieda ein, dass sie ja Proviant mitgebracht hatten, der noch immer im Beiwagen von Opas Motorrad lag. Keiner wollte aber freiwillig nochmals aus dem Bett heraus und die Jause holen. Also spielten sie ‚Feuer, Schere, Stein‘. Frieda verlor. Als Verliererin musste sie wohl oder übel diese unangenehme Aufgabe übernehmen.
Fünf Minuten später saßen die drei im großen Bett, aßen Wurstbrote und tranken Kaiserbirnkracherl, beziehungsweise Bier, aus der Flasche und schauten fern. Sowohl das Kracherl als auch das Bier ließen sie mächtig rülpsen und sie mussten laut lachen, weil der kleine Joseph, aber auch der Opa, unglaublich laute Rülpser von sich gaben. Frieda meinte, dass das wohl am Namen Joseph liege.
Wenige Minuten später war der Opa samt Kleidung und Bierflasche in der Hand eingeschlafen. Er schnarchte laut. Frieda nahm ihm die Flasche aus der Hand und stellte sie auf das Nachtkästchen. Auch dem kleinen Joseph fielen die Augen zu. Und ehe noch der Film zu Ende war, schliefen Frieda, der kleine Joseph und der Opa friedlich vor dem Fernsehapparat.
Die Tante Katharina aber konnte nicht friedlich schlafen. Als sie von der Arbeit nach Hause kam und ein leeres Haus vorfand, ahnte sie Schlimmes. Der Opa war einfach nicht mehr voll zurechnungsfähig. Nun war er mit der Beiwagenmaschine und den Kindern unterwegs und niemand wusste, wo. Sie versuchte ruhig zu bleiben. Aber als um zehn Uhr abends noch immer jede Spur von Opa und den Kindern fehlte, geriet sie schließlich

doch in Panik und rief bei der Polizeidienststelle an. Man erklärte ihr aber, dass sie eine Vermisstenanzeige erst 24 Stunden nach Verschwinden der gefragten Personen machen könne und sich mal beruhigen solle. „Wahrscheinlich ist alles gut und die gesuchten Personen spazieren jede Minute zur Tür herein."
Tante Katharina beruhigte sich aber nicht. Nein, im Gegenteil. Aufbrausend, wie sie nun mal war, brüllte sie ins Telefon: „Das ist eine Frechheit. Die Polizei ist alles andere als hilfsbereit; und Sie, junger Herr, haben ja keine Ahnung. Es geht schließlich um den Opa, der an Alzheimer leidet, und um meine Nichte und meinen Neffen aus Frankreich, die bei mir auf Besuch da sind."
Schlagartig änderte sich die Laune des Polizisten am anderen Ende der Leitung. Mit strenger Stimme sagte er sehr bestimmt, dass die Information über den Gesundheitszustand des Opas alles ändere. „Denn es ist unverantwortlich, eine kranke und hilfsbedürftige Person alleine zu lassen, geschweige denn, ihr die Aufsicht von zwei Kindern anzuvertrauen." Tante Katharina musste ihm unverzüglich alle Personalien durchgeben, und er werde nicht nur eine Fahndung nach Opa und Kindern herausgeben, nein, er werde auch Anzeige gegen Tante Katharina wegen fahrlässigen Handelns erstatten. „Es ist ja wirklich unerhört, was Sie da gemacht haben, und man wird Sie zur Rechenschaft ziehen. Sie alleine haben die Verantwortung zu tragen, auch für mögliche Schäden und Unfälle, in die der Opa und die Kinder verwickelt sein könnten", schloss der Polizist die Belehrung.
Der Tante Katharina verschlug es die Sprache. Mein Gott, mit einer solchen Katastrophe hatte sie nun wirklich nicht gerechnet. Und ja, der Polizist hatte schon recht, es war alles ihre Schuld. Wie sollte sie das nur ihrer Schwester Johanna beibrin-

gen? Nach dem Telefonat mit der Polizei und der Angabe aller Personalien, inklusive Personenbeschreibung der vermissten Personen, morgen früh würde sie auch noch Fotos der Vermissten aufs Präsidium bringen, schenkte sich Tante Katharina erst mal einen Schluck Portwein ein. Den hatte sie jetzt bitter nötig. Sie war so verzweifelt und wusste nicht, was sie weiter tun sollte. Sie entschied sich aber dafür, vorerst Johanna nicht zu verständigen, es war ja schon fast Mitternacht, und es würde nichts helfen, wenn auch Johanna und Antoine eine schlaflose Nacht vor sich hätten.

6. Kapitel

Der Opa wurde von den ersten Sonnenstrahlen geweckt. Sie hatten vergessen die Vorhänge zuzuziehen, und die aufgehende Sonne lachte ihm direkt ins Gesicht. Er rieb sich den Schlaf aus den Augen und drehte sich auf die andere Seite. Nanu, was war denn das? Oder besser, wer war denn das? Da lagen zwei kleine Kinder in seinem Bett. Na so was, das war ja gar nicht sein Bett, und auch nicht sein Zimmer. Krawuzi kapuzi, was war denn da los? Er rüttelte den kleinen Jungen ganz leicht, der direkt neben ihm lag und mit offenem Mund leise vor sich hin schnarchte. Er hörte sofort damit auf, schlug die Augen auf und sagte: „Guten Morgen, Opa. Hast du gut geschlafen?" Verwirrt starrte der Opa den kleinen Jungen an. Opa? Da wachte auch schon das kleine Mädchen auf. Auch die nannte ihn Opa.

Frieda und der kleine Joseph bemerkten sofort, dass Opa noch immer Schwierigkeiten hatte, sich an sie erinnern zu können. Frieda erklärte ihm noch einmal, dass sie die Kinder von Johanna, seiner Tochter, seien. Aber der Opa konnte sich einfach nicht daran erinnern. Aber er konnte sich an seine geliebte Ottilie erinnern und jetzt, als er Frieda anschaute, war ihm, als hätte er seine Ottilie vor sich, so sehr glichen sie einander!

Er stand auf und ging hinaus auf den Balkon, machte ein paar Kniebeugen, atmete einige Male tief ein und sagte dann voller Freude: „Ach, wie schön der Hallstätter See ist! Da, man sieht sogar den Dachstein. Den habe ich mit meiner Ottilie auch schon bestiegen. Das war vielleicht aufregend. Aber schön! Und auf dem See sind wir in einem Boot gefahren und wir haben Eiscreme gegessen in einem feinen Café. Ja, ja."

Opa konnte sich offensichtlich nicht an Frieda oder den kleinen Joseph erinnern, aber er erkannte den Ort und den See, an dem sie sich befanden. Das war ja immerhin schon etwas.
Frieda versuchte wieder von Tante Katharina und seinem Haus und seinem schönen Garten zu reden. Aber auch das schien nichts zu ändern. Stattdessen fragte der Opa die Kinder: „Woher kommt ihr denn?“ Die Frieda erklärte ihm alles noch einmal. Die ganze Geschichte von seiner Tochter Johanna, die in Frankreich mit dem Papa, einem Franzosen, wohnt und mit den halb österreichischen und halb französischen Kindern, nämlich ihnen selbst, Frieda und Joseph. Der Opa hörte aufmerksam zu. Nach einer kleinen Weile sagte er dann traurig: „Ach, ihr Armen, seid so weit weg von daheim, von euren Eltern. Die machen sich bestimmt Sorgen. Vielleicht ist es das Beste, wenn ich euch wieder heimbringe. Wo in Frankreich wohnt ihr noch mal, hast du gesagt? Ich war nämlich mal an der französischen Riviera, mit meiner Ottilie. Das ist schon lange her, 1962, im Sommer. Ja, ja, da kenn' ich mich aus. Ich kann euch mit meinem Motorrad heimfahren, das ist kein Problem!“
Frieda flüsterte dem kleinen Joseph ins Ohr: „Es ist vielleicht wirklich am besten, wenn uns der Opa nach Frankreich fährt. Er kann sich ja nicht erinnern, wo er zu Hause ist. Und wir wissen auch nicht, wie wir wieder heim zum Opa kommen. Und die Telefonnummer von Tante Katharina haben wir auch nicht. Also ist es vielleicht wirklich am besten, nach Frankreich zu fahren. Die Nachbarin hat unseren Schlüssel, und in weniger als einer Woche kommen Mama und Papa auch wieder heim. Und wir ersparen uns den Flug von München nach Montpellier!“

Das störte den kleinen Joseph gar nicht, denn vor diesem Flug, ganz allein mit Frieda, ohne Mama oder Papa, fürchtete er sich. Da war es wirklich besser, mit dem Opa in der Beiwagenmaschine zu fahren. Darum nickte der kleine Joseph und willigte in ihren Plan ein. Das war wirklich die beste Lösung! Da fiel ihm aber ein, dass sein Koffer noch beim Opa im Haus war, und er vor allem sein Stofftier, den Esel Luciano, vermissen würde. Das stimmte ihn sehr traurig, und seine Augen füllten sich mit Tränen. Frieda tröstete ihn und meinte, der Esel Luciano habe die wichtige Aufgabe, auf die Tante Katharina aufzupassen. Aber in Gedanken sei er bestimmt immer bei ihm. Der Joseph müsse nur auch ganz fest an den Esel denken, und dann wären sie sich in Gedanken ganz nahe. Das war zwar ein schwacher Trost, aber er hatte ja sowieso keine andere Wahl. Also riss er sich zusammen und versuchte auf andere Gedanken zu kommen.

Dies war auch gar nicht schwierig, denn der Opa war schon dabei, die Route zu planen. Er holte von der Beiwagenmaschine den Autoatlas und schlug die West-Europa-Karte auf. Mit seinem dicken Finger fuhr er Straßen nach und redete leise vor sich hin. Dann sagte er: „Auf geht's, wenn wir heute noch nach Südtirol kommen wollen, dann müssen wir uns auf den Weg machen!"

Und wenige Minuten später saßen Frieda und der kleine Joseph im Beiwagen, der Opa auf dem Motorrad, und sie brausten los! Es war ein schöner Tag, blauer Himmel, strahlender Sonnenschein, und es lag etwas von Abenteuer in der Luft!

Während die drei entlang von Seen durch eine atemberaubende Landschaft, mit wunderschönen Bergen mit und weißen Gipfeln in Richtung Süden fuhren, wuchsen der Tante Katharina vor lauter Angst um den Opa und die Kinder unzählige graue Haare. Sie hatte in der Nacht kein Auge zugetan und machte sich schlimme Vorwürfe. Sie brachte Fotos vom Opa und den Kindern zur Polizei, und als sie dort erfuhr, dass schon in ganz Österreich nach ihnen gesucht wurde, entschied sie letztlich, nun doch Johanna und Antoine anzurufen.

Frage nicht! Die Mama und der Papa der Kinder waren komplett aus dem Häuschen, als sie erfuhren, was zu Hause los war, beziehungsweise nicht los war. Die Mama bestand darauf, unverzüglich nach Österreich zu fahren. Der Papa fluchte leise vor sich hin. Er war sich sicher, der Opa hatte das absichtlich gemacht, um ihn zu ärgern.

Der Opa, Frieda und der kleine Joseph hatten schon einige Kilometer hinter sich, als er langsamer wurde und das Motorrad schließlich komplett anhielt. Er zeigte mit ausgestreckter Hand auf einen massiven Berg, der wie mit Staubzucker weiß bestreut war. Er erklärte den Kindern, dass das der Großglockner ist, der höchste Berg Österreichs, fast 4000 Meter hoch. Und rundherum die Berge, das sind die Hohen Tauern, ein ganz wichtiger Nationalpark. Ein paar Kilometern weiter liegt dann Heiligenblut. Dort werden sie dann anhalten und Mittagspause machen. Sie fuhren weiter auf der berühmten Großglockner Hochalpenstraße, immer bergauf, bis sie schließlich Heiligenblut erreichten. Frieda war ganz begeistert. Auch der kleine Joseph staunte. Das war nun wirklich eine atemberaubende Landschaft. Und die Farben waren so satt und kräftig. Die Wiesen unglaublich grün, mit Wiesenblumen in allen Farben. Kühe grasten auf den Wiesen, „Das sind Almen", erklärte der Opa. Der Himmel war blitzblau, und die Berggipfel glitzerten in der Mittagssonne!

Aber kalt war es geworden, da merkte man deutlich, dass sie hoch oben in den Alpen waren. Der Opa rieb dem kleinen Joseph die nackten Arme und sagte: „Wir gehen erst mal einen Pullover für euch kaufen. Und dann suchen wir uns ein Gasthaus. Ich habe Hunger!"
Gesagt, getan! Der Opa kaufte für Frieda und den kleinen Joseph jeweils einen etwas trachtigen Vliespullover, mit kleinen Edelweiß darauf. Und dann gingen sie zum Kirchenwirt, der gleich, wie der Name schon sagt, gegenüber der Kirche war. Sie suchten sich einen freien Tisch im Gastgarten und bestellten Cola und Bier, dreimal Schnitzel mit Pommes und als Nachtisch Marillenpalatschinken! Anschließend machten sie noch einen kleinen Verdauungsspaziergang. Und da sahen sie doch glatt ein Murmeltier! Der kleine Joseph war ganz aus dem Häuschen! Das war vielleicht lieb! Und es war nicht einmal scheu. Es hat die drei aufreizend angeschaut, sich auf die Hinterbeine gesetzt und mit seinen großen Zähnen gepfiffen! Der Opa erzählte der Frieda und dem kleinen Joseph, dass es auch noch viele andere Tiere in den Alpen gibt, zum Beispiel Gämsen, Steinböcke, Steinadler und sogar Braunbären! Als er vor vielen Jahren mit seiner Ottilie in den Alpen war, hatten sie einen Braunbären mit seinem Jungen gesehen. Das sei doppelt so gefährlich, weil der Mamabär ja einen ausgeprägten Beschützerinstinkt habe und sein Kleines auf Leben und Tod schützen wolle. Der Opa und die geliebte Ottilie suchten Schutz hinter einer umgefallenen Tanne. Sie warteten lange und hatten eine riesige Angst, aber letztendlich sind die zwei Bären weitergezogen und kümmerten sich zum Glück nicht um sie.
Nach einem ausgiebigen Spaziergang fuhren Opa, Frieda und der kleine Joseph schließlich weiter. Aber es war schon spät,

und auch der Hintern tat ihnen vom vielen Sitzen im Beiwagen beziehungsweise auf dem Motorrad weh. Erst in Lienz, in Osttirol, hielten sie wieder an und suchten sich ein Nachtquartier. Wie am Tag zuvor übernahm Frieda die Formalitäten und füllte den Fragebogen bezüglich der Personalien aus. Und wieder erklärte sie, dass sie aus Frankreich kämen und mit ihrem österreichischen Opa Ferien machten. Der Opa kramte währenddessen in seinen Hosentaschen rum und murmelte Unverständliches vor sich hin. Letztendlich fragte er, ob sie die Rechnung am nächsten Morgen beim Frühstück zahlen könnten und ob sie auch noch Abendessen bekommen und das mit auf die Rechnung schreiben lassen könnten.
Für die Rezeptionistin war das kein Problem. Sie gab ihnen den Zimmerschlüssel und führte sie in die Gaststube. Der Opa bestellte wieder ein großes Bier und einen Schweinsbraten. Frieda und der kleine Joseph freuten sich auf jeweils einen Almdudler und eine Riesenportion Kaiserschmarrn mit Zwetschgenröster. Später im Zimmer, satt und müde, beichtete der Opa sein kleines Problem. Er habe nämlich nicht genug Geld, um die Rechnung für Zimmer und Abendessen zu bezahlen. Frieda und der kleine Joseph waren entsetzt. „Um Himmels willen, was machen wir denn nun?", fragte Frieda, ernsthaft besorgt. Der Opa aber war keineswegs besorgt, der sagte nur: „Nun, wir haben wohl keine andere Wahl, als uns heimlich ganz bald am Morgen aus dem Staub zu machen." „Aber das ist verboten! Dann werden wir alle eingesperrt. Wir kommen ins Gefängnis, weil das wie Stehlen ist, wenn wir einfach davonlaufen und nicht bezahlen", sagte der kleine Joseph, „und ich will nicht ins Gefängnis." Frieda grübelte und nach ein paar Minuten sagte sie schließlich „Na

ja, wir haben wohl wirklich keine andere Möglichkeit, aber wir hinterlassen einen Brief, in dem wir uns entschuldigen und versprechen, die Rechnung so schnell wie möglich zu bezahlen. Wenn wir wieder daheim sind, dann erklären wir es Mama und Papa, und die werden dann im Internet zahlen." Sie suchte in der Schublade des Spiegeltischchens und fand ein Prospekt, auf dessen Rückseite sie fein säuberlich schrieb:

Liebe Pension Zum Goldenen Hirschen,
da wir leider in eine finanzielle Notlage geraten sind, können wir die Rechnung heute nicht bezahlen. Ich verspreche aber, dass meine Eltern Ihnen über das Internet das Geld schicken werden, sobald wir wieder daheim sind. Mein kleiner Bruder gibt Ihnen auch sein Ehrenwort!
Hochachtungsvoll,
Frieda

Zum Glück hatte der kleine Joseph seine neue Armbanduhr dabei, die einen Wecker integriert hatte! So stellten sie den Wecker auf 5:30 und legten sich schlafen. Morgen würde ein langer Tag werden!
Die Mama und der Papa waren währenddessen auf dem Rückweg aus der Toskana nach Österreich. Nach vielen Stunden Autofahrt gerieten sie in einen Stau. Laut Radio handelte es sich um einen schlimmen Unfall am Brennerpass, der nun für unbestimmte Zeit gesperrt werden müsse. Die Mama und der Papa überlegten hin und her und entschieden, umzudrehen und einen anderen Weg zu nehmen.

Als sie schließlich nach Lienz kamen, war es schon so spät und beide waren so müde vom vielen Autofahren, dass sie beschlossen über Nacht hierzubleiben. So suchten sie sich ein Quartier und fanden schon nach wenigen Minuten die Pension Zum Goldenen Hirschen. Als die Mama und der Papa todmüde im Bett lagen, sagte die Mama: „Ich bin so müde, dass ich schon Gespenster sehe. Ich könnte schwören, dass draußen vor der Pension im Schatten von dem großen Baum eine Beiwagenmaschine parkt, die genauso aussieht wie die vom Opa. Wenn ich nicht so müde wäre und es nicht völlig unwahrscheinlich wäre, den Opa hier in Osttirol anzutreffen, dann würde ich mich noch mal aus dem Bett quälen. Aber was würde denn der Opa hier in Osttirol wollen? Na dann, Gute Nacht! Ach, und stell deinen Handywecker auf 6:00, ich will so bald wie möglich weiterfahren!"

7. Kapitel

Um 5 Uhr 30 summte es am Handgelenk des kleinen Joseph. Aber der schlief so fest, dass er gar nichts bemerkte. Aber Frieda baute das Summen in ihren Schlaf ein und träumte, dass sie im Beiwagen sitzt und der Motor neben ihrem Ohr laut surrt. Es war der Opa, der schließlich doch wach wurde, den kleinen Joseph weckte und meinte: „Das nervt! Stell das ab, ich will schlafen!" Da fuhr Frieda aus dem Schlaf hoch und blickte nervös auf die Armbanduhr ihres kleinen Bruders. „Nichts da, nicht wieder schlafen! Wir müssen schnell aufstehen und schauen, dass wir weiterkommen. Es ist fast sechs Uhr! Wenn wir unbemerkt abhauen wollen, müssen wir uns beeilen!", sagte Frieda. Der Opa machte wieder mal ein total verwirrtes Gesicht.

„Wir haben jetzt absolut keine Zeit für Erklärungen, Opa. Los, auf jetzt, und anziehen!", herrschte Frieda ihren Opa und den kleinen Joseph an! Sie selbst schlüpfte in ihren neuen, warmen und weichen Pullover und legte den Brief auf das Spiegeltischchen. Und schon schlichen die drei aus dem Zimmer, den Gang entlang zum Ausgang.

Der Opa, noch immer verwirrt, wollte protestieren, aber Frieda machte nur: „Pssst, nicht jetzt, wir müssen leise sein!" Draußen angekommen, schlichen sie zur Beiwagenmaschine. Frieda erklärte dem Opa, er müsse nun das Motorrad starten und so schnell wie möglich wegfahren, und zwar in Richtung Italien, später würde sie ihm alles wieder erklären. Der Opa folgte brav und startete das Motorrad. Der kleine Joseph und Frieda kletterten in den Beiwagen, und schon brausten sie davon.

Genau in diesem Moment öffnete die Mama den Vorhang und sah die Beiwagenmaschine im Dunkeln davonfahren. Sie grübelte nochmals kurz, schüttelte dann aber den Kopf und weckte den Papa auf.
Opa, Frieda und der kleine Joseph fuhren durch die Dunkelheit. Es war ziemlich kalt, aber hinter ihnen begann es schon zu dämmern. Und wenig später ging die Sonne auf. Der Opa hielt an und alle drei drehten sich zur Sonne um. Es war ein spektakulärer Sonnenaufgang. Der Himmel war ganz orange, und die Felsen, die wie aufrechte Säulen rundherum standen, warfen lange und bizarre Schatten auf die Wiesen und die Straße! Für einen Moment waren sie sprachlos und von diesem Naturschauspiel gefesselt.
Als die Sonne ganz über dem Berggipfel aufgegangen war, klärte Frieda den Opa wieder auf. Von Neuem erzählte sie ihm, dass er ihr Opa sei und sie auf dem Weg nach Montarnaud waren, weil der Opa versprochen hatte, sie heimzubringen. Außerdem erklärte sie, dass sie nicht mehr viel Geld hatten und sich deswegen, ohne zu bezahlen, aus dem Staub gemacht hatten. Der Opa machte nun große Augen und sagte: „Na, ihr seid mir aber Lausebengel. Ihr wisst schon, dass das verboten ist, einfach ohne zu bezahlen wegzulaufen!" „Aber das war doch deine Idee, Opa", sagte der kleine Joseph. „Ach ja? Na, dann lasst uns weiterfahren, wir haben ja noch einen langen Weg vor uns!"
Sie fuhren lange Zeit und sahen nur selten ein Auto oder ein anderes Motorrad. Fast war es, als wären sie die Einzigen auf der Welt. In der Nähe von Bozen, es war nun schon Vormittag, hielt der Opa an einer Tankstelle. Der Tank war fast leer und sie mussten tanken. Frieda erinnerte ihn, dass er nicht mehr

viel Geld hatte. Der Opa kramte einen 20-Euro-Schein und ein paar Münzen aus der Hosentasche. Er füllte Benzin für 20 Euro in den Tank. Dann ging er in die Tankstelle, um zu zahlen, und kam mit 3 drei Brötchen, einem heißen Kaffee im Plastikbecher und einer Dose Orangensaft wieder zurück. „Nun haben wir noch 1 Euro 26 Cents", sagte er und reichte Frieda und dem kleinen Joseph jeweils ein Brötchen. „Da werden wir nicht weit kommen. Aber keine Sorge, wir schaffen das schon. Mit meiner Ottilie hab' ich mich auch noch immer irgendwie durchgeschlagen. Da haben wir schon viel schwierigere Situationen gemeistert", sagte der Opa stolz und biss in sein Brötchen.

Etwa zur selben Zeit entdeckte das Zimmermädchen in der Pension Zum Goldenen Hirschen das verlassene Zimmer und einen Brief. Den Brief schien das Mädchen geschrieben zu haben, das erklärte, dass sie die Rechnung später begleichen würden. Das war natürlich eine Frechheit. Aber es kam ihr auch gehörig seltsam vor, dass so ein alter Herr mit zwei kleinen Kindern unterwegs war. Noch dazu hatten sie nicht dieselbe Herkunft und trotzdem behaupteten sie, sie seien verwandt. Es schien ihr ratsam, nicht nur die Chefin vom Goldenen Hirschen, also die Eigentümerin, zu informieren, sondern auch die Polizei. Vielleicht war dieser alte Herr ein Gauner und hatte zwei Kinder entführt. Oh Gott, was für eine schreckliche Vorstellung!

Nach dem kleinen Frühstück fuhren Opa, Frieda und der kleine Joseph weiter. Der Opa erkundigte sich nochmals nach dem Ziel und nickte wissend mit dem Kopf, als ihm Frieda „Montarnaud" als Antwort gab. Sie fuhren weiter nach Süden, und nun war auch mehr Verkehr auf den Straßen.

Gegen Mittag kamen sie an einen großen See. Der Opa hielt wieder an und schlug vor, eine Pause zu machen. Er erklärte, dass dies der Gardasee sei, und es sei eigentlich heiß genug, um sich ein wenig abzukühlen! Sie suchten sich einen Zugang zum See, und so schnell konnten Frieda und der kleine Joseph gar nicht schauen, da war der Opa schon splitternackt. Vorsichtig und etwas tollpatschig bewegte er sich auf nackten Füßen zum Seeufer und stieg langsam in das kühle Wasser. Frieda rief dem Opa hinterher: „Wir haben ja gar keine Badehosen dabei! Und auch kein Handtuch!" Da sagte der Opa: „Na und? Das macht doch nichts. Nackt baden ist viel angenehmer! Und die Sonne trocknet uns auch! Kommt schon!". „Aber ich kann noch nicht schwimmen!", rief der kleine Joseph! „Komm, ich zeige es dir. Das ist gar nicht schwer! In zehn Minuten schwimmst du wie ein kleiner Fisch!", sagte der Opa. Frieda und der kleine Joseph standen noch etwas verlegen rum, bis sie sich schließlich doch langsam auszogen. Beiden war es etwas unangenehm, in aller Öffentlichkeit so nackt zu sein, und sie waren vor Scham etwas rot um die Nase.

Das Wasser war zwar kalt, aber wirklich erfrischend! Während Frieda und der kleine Joseph langsam bis zu den Knien ins Wasser wateten, schwamm und schnaubte der Opa wie ein altes Walross. Schließlich kam er zum kleinen Joseph und erklärte ihm: „Das Wasser ist ganz weich und trägt dich an der Oberfläche, wenn du nur nicht nervös bist. Du musst ganz gelassen bleiben, und die Schwerelosigkeit im Wasser fühlen. Falls du merkst, dass du nach unten treibst, dann atmest du tief in deine Lungen ein und strampelst ganz rhythmisch mit den Füßen. Nicht mit den Beinen, nur mit den Füßen. Schau, so. Und mit den Armen machst du diese Aufwärtsbewegung. Siehst du? So. Und jetzt mach du mal. Am Anfang lässt du dich nach vorne, lass dich treiben, und ich stütze dich etwas von unten, mit meinen Händen an deinem Bauch." Der kleine Joseph gehorchte. Am Anfang war er noch etwas unsicher und strampelte wild mit Armen und Beinen. Aber nach kurzer Zeit und zahlreichen Tipps vom Opa trieb der kleine Joseph wirklich ganz sachte auf der Oberfläche und lachte vor sich hin. Und noch weitere fünf Minuten später machte er die ersten sinnvollen Bewegungen und schwamm wirklich!

Der Opa lobte ihn, er sei ein Naturtalent! Der kleine Joseph war mächtig stolz. Auch Frieda war stolz auf ihren Bruder. Und auch auf ihren Opa. Nach einiger Zeit, als alle drei schon ganz blaue Lippen hatten, gingen sie schließlich wieder aus dem Wasser und setzten sich nackt, wie sie waren, in die Wiese. Das Gesicht der Sonne zugeneigt, die Augen geschlossen, ließen sie sich im sanften, warmen Sommerwind trocknen.

Schön ist das, dachte Frieda, als genau in diesem Moment jemand furchtbar laut auf Italienisch zu schreien anfing. Es war eine alte Frau, angezogen wie im Herbst, mit langem Rock, Bluse und Kopftuch. Dick war sie, ganz rot im Gesicht und hatte nur wenige Zähne im Mund. Und offensichtlich war sie sehr erregt und schimpfte laut vor sich hin. Dabei hob sie drohend die Arme und schrie immer wieder „Giovanni! Libertino! Carabinieri! Avanti!".

Da keiner der drei Anstalten machte sich zu bewegen, kam die Frau schließlich auf sie zu und schlug den Opa. Zuerst auf den Rücken und dann auf seinen Hinterkopf. Der versuchte, sich mit seinen Armen schützend, sich zu ducken, aber die Frau

schlug einfach weiter. Schließlich taumelte er rückwärts in Richtung Motorrad und schrie Frieda und dem kleinen Joseph zu: „Kommt schnell, die Frau ist wahnsinnig! Wir müssen weg von hier, oder die schlägt mich grün und blau!" Die Frieda packte schnell das Gewand, das verstreut in der Wiese lag, und rannte zum Motorrad. Gleichzeitig mit dem kleinen Joseph sprang sie in den Beiwagen. Der Opa startete unter den Schlägen der alten Frau das Motorrad, legte einen Gang ein und brauste davon. Sie fuhren um ein paar Kurven und erreichten einen Wald. Die Frieda winkte aufgeregt vom Beiwagen zum Opa und machte ihm wirre Zeichen. Erst nach ein paar Augenblicken merkte der Opa, warum Frieda so hektisch mit den Armen fuchtelte. Sie waren alle drei nackt! Für Frieda und den kleinen Joseph war das nicht so schlimm, sie saßen ja im geschützten Beiwagen. Aber er war gut sichtbar auf dem Motorrad. Nun verstand er auch, warum ein entgegenkommendes Auto wie wild gehupt hatte. Schnell lenkte er das Motorrad hinter einen Baum und blieb stehen. Frieda und der kleine Joseph krabbelten aus dem Beiwagen, suchten sich ihre Kleider heraus und schlüpften in die Unterhosen. Frieda und der kleine Joseph zogen sich auch wieder Hose und T-Shirt an. Für den Pullover war es nun zu warm. Der Opa aber stand in Unterhosen und Hemd vor ihnen und meinte nur: „Ich glaub', ich hab' meine Hose vergessen. Und da war unser restliches Geld drinnen." Die Frieda beruhigte ihn, dass die 1 Euro 26 Cents nicht zu viel an Verlust seien, aber dass der Opa unmöglich ohne Hose weiterfahren könnte. Nun ja, das schien ein Problem zu sein.
Sie beschlossen vorerst mal weiterzufahren, sie hatten ja auch keine andere Wahl. Zu dieser alten Furie zurückfahren, um

nach der Hose zu suchen, wollte der Opa auf keinen Fall. „Lieber nackt als noch einmal diesem Monster begegnen", sagte er. Also fuhren sie weiter. Sie kamen an ein paar Häusern mit schönen Gärten vorbei. Der Opa blieb plötzlich stehen und zeigte auf Wäsche, die an einer Wäscheleine zum Trocknen hing. Da war nämlich auch eine Hose.
Der Opa kletterte über die Büsche in den Garten und kratzte sich dabei seine käsebleichen Beine auf. Er fluchte kurz auf Gott und die Welt und blickte sich dann nervös um. Schnell trippelte er zur Wäscheleine. Gerade als er die Hose von der Leine nahm, kam ein kleiner Hund wie aus dem Nichts geschossen und bellte aufgeregt. Und dann ging alles ganz schnell: Der Opa ließ einen Urschrei los und rannte in Richtung Motorrad. Der Hund rannte bellend hinterher. Bei der Hecke musste der Opa abbremsen und sich einen Weg über beziehungsweise durch die Hecke suchen. Das nutzte der Hund aus und biss sich in die Wade vom Opa fest! In genau diesem Moment schauten, alarmiert von dem Hundegebell, ein nicht sehr freundlich aussehender Herr und ein Junge zur Tür heraus. Der Opa versuchte verzweifelt, den Hund von der Wade loszuschütteln, schaffte es aber nicht. Als der nicht so freundliche Herr nun auf ihn zu rannte, holte der Opa schließlich weit mit seinem Bein aus und schleuderte es nach vorn. Der Hund flog dabei in hohem Bogen durch die Luft und landete mit einem lauten Plumps genau vor den Beinen des Besitzers. Der schaute nun noch grimmiger zum Opa. Schnell kämpfte sich der Opa durch die Hecke und kratzte sich noch mehr seine Beine und nun auch die Arme auf. Frieda und der kleine Joseph feuerten den Opa an und schrien, dass er sich beeilen müsse, denn der Mann mit dem Hund komme

schon. Der Opa startete das Motorrad und fuhr an diesem Tag schon zum dritten Mal wie von der Tarantel gestochen davon. Der Hund und sein Herrchen, sowie der Junge, schauten verdutzt dem Motorrad nach! Da schrie der Junge: „Der Alte hat meine Hose geklaut!“, und der Mann raunte: „Und er hat meinen Hund getreten. Ich ruf nun die Polizei und erstatte Anzeige! Merk dir gut die Nummer des Motorrads!”
Der Opa gab Gas und flitzte um die Ecke, und dann noch mal um eine Ecke, und bog schließlich auf die Landstraße und ließ die schreckliche Ortschaft mit wütenden alten Frauen und bissigen Kötern hinter sich! Bei der nächsten Möglichkeit blieb er stehen. Er kletterte vom Motorrad und betrachtete die gestohlene Hose. Sie war nicht ganz nach seinem Geschmack, aber es war jetzt wohl nicht die Zeit, wählerisch zu sein. So zog er schnell die Hose an und fragte: „Und, was sagt ihr?” Frieda und der kleine Joseph nickten anerkennend und sagten: „Macht dich sehr jung, Opa! Steht dir gut! Und mit deinem Bart wirst du deinem Spitznamen Pirat Stoppelbart nun echt gerecht!” „Was für ein Spitzname?”, fragte der Opa verwirrt. Frieda sagte nur, dass es nicht so wichtig sei, Hauptsache, er habe nun eine Hose, und noch dazu eine so coole, mit großen Seitentaschen, in Tarnfarbe!
Sie fuhren weiter, denn von diesem Ort hatte der Opa nun echt genug, und er wollte heute noch ein paar Kilometer schaffen. Zudem war es nun mittlerweile schon später Nachmittag. Sie fuhren an Verona vorbei und immer weiter, die untergehende Sonne im Rücken. Es war schon fast dunkel, als Opa von der Hauptstraße auf einen kleinen Feldweg abbog. Sie rumpelten den Weg einen oder zwei Kilometer entlang, bis sie an eine alte

Scheune kamen. Dort hielt dann der Opa endlich an. Der kleine Joseph war eingeschlafen und blinzelte ganz verwirrt mit den Augen. Der Opa kletterte vom Motorrad und sah sich etwas um. Nach ein paar Minuten kam er zurück und sagte: „Hier bleiben wir heute über Nacht, und morgen müssen wir uns überlegen, wie es weiter geht. Wir brauchen bald wieder Benzin und wir haben keinen Groschen Geld in der Tasche." „Was ist ein Groschen?", fragte der kleine Joseph. „Dasselbe wie Cents, nur gibt es Groschen nicht mehr", erklärte Frieda. „Und wo werden wir heute schlafen?", fragte sie den Opa. „Da, in der Scheune, da ist noch etwas Heu. Und geschützt ist es auch vor Wind, Wetter, Tieren und was auch immer", sagte der Opa. Der kleine Joseph fand das total spannend! Die Frieda allerdings meinte: „Und was sollen wir essen? Ich habe solchen Hunger. Wir haben seit dem Frühstück nicht gegessen." „Ja, da müssen wir uns auch morgen was überlegen. Aber für heute Abend habe ich noch eine Packung Kekse im Kofferraum des Beiwagens. Das sind meine Notfallkekse. Heute haben wir wohl allen Grund, sie aufzuessen." Er kramte im kleinen Kofferraum und fand eine Fünferpackung Manner-Waffeln und eine große Flasche Wasser. Dann suchte der Opa noch etwas Kleinholz, und mit Steinen machte er eine Abgrenzung für ein Lagerfeuer. Ein wenig später saßen sie zu dritt am Feuer, aßen Waffeln und starrten in die Flammen. Schön warm war das und auch gemütlich. Der kleine Joseph kletterte dem Opa auf den Schoß und lehnte seinen Kopf an dessen Brust. Und der Opa begann Geschichten von früher zu erzählen. Als er noch jung war und gerade erst sein Motorrad gekauft hatte. Und wie er damit bei seinem Schwarm, der wunderschönen Ottilie, vorgefahren ist

und sie auf eine Spritztour eingeladen hat. Und noch vieles mehr. Der kleine Joseph ist bald wieder an der Schulter vom Opa eingeschlafen, und auch Frieda gähnte schon. Sie gingen daher in die Scheune, der Opa trug den kleinen Joseph, und legten sich alle drei ins Heu. Ganz eng aneinander, denn etwas unheimlich war es hier, ganz im Finstern, schon.
An diesem Abend, als der Opa, die Frieda und der kleine Joseph schon tief und fest schliefen, bekamen Mama und Papa, die mittlerweile wieder zu Hause bei Tante Katharina angekommen waren, die ersten Nachrichten. Die Polizei meldete sich per Telefon und berichtete, dass eine gewisse Frau Brückl, aus Lienz, einen Diebstahl gemeldet hatte. Dabei handle es sich um Unterschlagung einer Rechnung für eine Nacht in der Pension „Zum Goldenen Hirschen", sowie einer Rechnung für ein Abendessen, und zwar von einem älteren Herrn, der den Namen Himmelbauer angegeben hatte, und zwei Kindern, die sich als seine Enkel ausgaben. Als Meldeadresse wurde allerdings eine französische Adresse angegeben. Die betroffene Frau vermute nun, dass alle Angaben falsch waren, meldete aber das Vergehen trotzdem. Als die Mama das hörte, glaubte sie, der Blitz streife sie. „Das kann doch nicht wahr sein! Das war also doch die Beiwagenmaschine vom Opa. Also, verflixt und zugenäht, wir haben in derselben Pension übernachtet und haben nichts davon bemerkt. Ich werd' narrisch! Wir waren uns schon so nahe, und jetzt wissen wir wieder nicht, wo sie sind!"
Die Tante Katharina war ganz verzweifelt und jammerte: „Und alles ist meine Schuld. Oje, oje. Ich werd' mein Leben lang unglücklich sein, wenn nur nichts Schlimmes passiert!" Die Mama fauchte die Tante Katharina an, entschuldigte sich aber gleich

wieder bei ihr, denn schuld seien sie und der Papa, denn sie hätten ihre Kinder hier gelassen. Und nun wollte sie wieder aufbrechen und zurück nach Lienz fahren. Der Papa überzeugte sie allerdings, dass das keine gute Idee sei. Sie müssten hier bleiben und warten, bis die Polizei wieder die Spur aufgreift.

8. Kapitel

Als die Frieda wach wurde, war es noch dämmrig und durch die Ritzen von ein paar losen Holzplatten fiel nur sehr spärlich etwas Licht in die Scheune. Anfangs war sie etwas verwirrt. Wo war sie nur? Ach ja, dann fiel es ihr wieder ein. Und da lagen ja auch Opa und der kleine Joseph ganz eng aneinandergeschmiegt. Sie setzte sich auf und krabbelte schließlich aus dem Heu. Überall war Heu, in ihrer Kleidung und in ihren Haaren. Sie versuchte sich, so gut es ging, zu säubern und ging dann hinaus an die frische Luft. Obwohl es noch kalt war, konnte man riechen, dass es ein heißer und schöner Sommertag werden würde. Die ersten Vögel zwitscherten mit den ersten Sonnenstrahlen um die Wette und Frieda, obwohl sie etwas besorgt war, wie es denn jetzt weitergehen soll, so ganz ohne Geld, fühlte sich glücklich. Schade nur, dass Mama und Papa nicht hier waren.

Sie machte sich auf den Weg, die Gegend rund um die Scheune etwas zu erkunden. Nicht weit von der Scheune entfernt fand sie einen kleinen Bach, an dem entlang Feigenbäume und eine große Brombeerhecke wuchsen! Frieda freute sich, denn sie hatte einen Bärenhunger, und da kam es ihr nur gelegen, dass sie etwas Essbares gefunden hatte. Sie pflückte einige Feigen und viele Brombeeren und ging zurück zur Scheune. Da kamen auch schon der kleine Joseph und der Opa heraus. Der Opa hatte ganz zerzauste Haare, und der Bart war nun schon fast ein Vollbart. Und mit der weiten Tarnhose, deren Hosenbund lässig tief an den Hüften saß, sah er richtig verwegen aus! Wie jeden Tag starrte er Frieda verwirrt an und sagte: „Na so was, du könnest doch glatt eine jüngere Ausgabe von meiner Ottilie

sein! Wer bist du denn?“ Frieda erklärte dem Opa wieder einmal, dass sie seine Enkelin sei und der kleine Joseph ihr Bruder, also auch sein Enkel. Und dass sie deshalb wie seine Ottilie aussah, weil die ihre Oma war. Dann erklärte sie auch, dass sie in Italien sind, auf dem Heimweg nach Montarnaud, und dass sie unglücklicherweise kein Geld in der Tasche und fast kein Benzin mehr im Tank hätten und deswegen dringend eine Lösung für dieses Problem finden müssten. Der Opa hörte aufmerksam zu, nickte und meinte dann: „Okay, dann müssen wir uns wohl was überlegen, aber erst mal etwas frühstücken“, und schon machte er sich über die Feigen her! Auch der kleine Joseph langte ordentlich zu, sodass Frieda Nachschub holen ging.
Dann setzten sie ihre Reise fort. Immer der Sonne entgegen. Nach einiger Zeit lehnte sich der Opa zu ihnen und rief: „Wir haben fast kein Benzin mehr, aber bis Venedig sollten wir es schaffen. Da bleiben wir dann stehen und müssen irgendwie zu Benzin und zu etwas Essbarem kommen. Ich habe Hunger!“ Sie brausten weiter dahin, die Sonne stand mittlerweile schon hoch am Himmel, aber noch immer vor ihnen. Frieda grübelte. Irgendetwas kam ihr eigenartig vor. Aber sie wusste nicht recht, was es war. Sie hielt schützend die Hände vor die Augen, weil die Sonne sie zu sehr blendete, als ihr plötzlich klar wurde, was komisch war. Sie fuhren nach Osten. Und sie hatten letztes Schuljahr auch Geographie und die Landkarte von Europa kennengelernt, und sie konnte sich nun genau erinnern, dass Venedig nicht in Richtung Frankreich lag. Nein, ganz im Gegenteil, es lag in der anderen Richtung, im Osten von Italien. Deshalb fuhren sie auch der Sonne entgegen. Ja, und sie konnte sich an Venedig erinnern, weil die Lehrerin ihnen erklärt hatte,

dass diese Stadt auf Holzpfählen im Wasser, also im Meer gebaut ist. Und die Mama hat dann auch noch erzählt, dass das eine ganz romantische Stadt ist, dieses Venedig, und dass man dort nicht mit dem Auto oder mit der Straßenbahn fährt, sondern mit Booten, die Gondeln genannt werden. Ja, ja. Sie konnte sich nun genau erinnern und hatte die Landkarte direkt vor Augen. Sie fuhren in die falsche Richtung!

Wild winkte sie mit den Händen und versuchte Opa an der Hose zu ziehen. Sie rief ihm auch zu, er solle anhalten. Aber der Motor war zu laut und Opa hörte nichts. Und er spürte auch nichts und fuhr stur weiter. Der kleine Joseph schaute sie verwundert an. Sie schrie ihm ins Ohr, was sie gerade herausgefunden hatte. Da versuchte auch der kleine Joseph dem Opa Zeichen zu geben, aber ohne Erfolg.

Nach einiger Zeit kamen sie schließlich in eine Stadt. Der Verkehr wurde immer dichter und letztendlich hielten sie auf einem Parkplatz vor einer Tankstelle. Der Opa stieg ganz umständlich vom Motorrad, Frieda und der kleine Joseph sprangen aus dem Beiwagen.

Aufgeregt erzählte Frieda, dass sie in die falsche Richtung gefahren seien und dass sie umdrehen müssten. Der Opa aber sagte: „Lass nur, Mädchen, ich weiß schon, was ich mache und wo wir hinmüssen. Jetzt sind wir in Venedig. Wenn wir wieder getankt haben und weiterfahren können, dann fahren wir die Adriaküste entlang, nach Triest und dann weiter nach Kroatien, bis wir schließlich nach Montenegro kommen. Ich glaube, dass wir in zwei Tagen dort sein können." „Aber warum Montenegro? Wir wollen nicht nach Montenegro! Wir wollen nach Frankreich!", rief Frieda. „Nein, nein, ihr habt nicht Frankreich

gesagt, sondern Montenegro“, beharrte der Opa. Da sagte der kleine Joseph: „Vielleicht meinst du Montarnaud. Da wohnen wir nämlich.“ „Ja, sag ich doch, Montenegro!“, sagte der Opa anerkennend. „Nein, Opa, nicht Montenegro, sondern Montarnaud. Das hört sich nur ähnlich an. Und Montarnaud liegt in Frankreich, also in die andere Richtung!“, belehrte ihn nun auch Frieda. „Nun ja, wenn das so ist, dann sind wir wohl wirklich in die falsche Richtung gefahren. Krawuzi kapuzi! Das nächste Mal sagt ihr mir aber gleich, dass ihr nach Frankreich wollt, okay? Jetzt sind wir 400 Kilometer umsonst gefahren. Na ja, jetzt, wo wir schon mal da sind, da können wir uns aber auch mal in Venedig umsehen. Es ist wenigstens ein Umweg, der sich auszahlt“, sagte der Opa. „Ja, und weiterfahren beziehungsweise umdrehen können wir ja sowieso nicht, weil wir haben ja kein Benzin, … und Geld haben wir auch nicht.“, sagte der kleine Joseph, sozusagen als Draufgabe.
Also ließen sie die Beiwagenmaschine am Parkplatz und folgten einem Schild, das den Weg zum Stadtzentrum anzeigte. Es war gar nicht mal so einfach, zu dritt am Gehsteig zu gehen, denn es waren viele Leute unterwegs, die laut miteinander redeten, ja sich fast anschrien, außerdem liefen Kinder kreuz und quer, die auch einen Mordslärm veranstalteten, und mittendrin fuhren Motorroller, auch am Gehsteig. Der Opa erklärte, dass diese Motorroller Vespas seien und, obwohl sie gut aussähen, eigentlich aber ein Glumpert seien. Etwas leiser und eigentlich mehr zu sich selbst fügte er noch hinzu: „Wie vieles in Italien. Aber schön ist es hier trotzdem.“ Sie liefen über eine sehr lange Brücke. Da war zusätzlich zu den vielen Leuten auch extrem viel Verkehr. Die Autos und Reisebusse stauten sich und fuhren

im Schneckentempo, sodass der Opa, die Frieda und der kleine Joseph zu Fuß schneller waren. Und dann, plötzlich, waren sie da. Es war wie in einem Märchen! Es war so phantastisch und entzückend, die Farben, das Licht, der Geruch, einfach alles war plötzlich ganz warm und weich! Frieda und der kleine Joseph liefen dem Opa mit offenem Mund nach. Sie überquerten einen Kanal über eine kleine Brücke und beobachteten eine Gondel, die gerade unter der Brücke durchfuhr. Die Häuser waren bunt bemalt, in allen Farben, und trotzdem nicht schrill, sondern wie eine Einheit. Die Fensterläden waren in Grün gehalten und vor vielen Fenstern war Wäsche zum Trocknen aufgehängt. Außerdem wuchsen auf allen Balkons Pflanzen, was sehr schön aussah. Frieda war wirklich beeindruckt und sagte zum Opa: „Ja, der Umweg hat sich wirklich gelohnt. Ich hätte mir Venedig nie so schön vorgestellt!“ „Warte mal ab, bis wir erst am Markusplatz sind! Mit der schönen Kathedrale! Da wirst du Augen machen!“, sagte der Opa. Und die drei wanderten weiter. An jeder Ecke gab es etwas zu sehen. Und selbst die Häuser und Plätze, die nicht so herausgeputzt waren, und all die Kanäle und Brücken wirkten so schön. Frieda hatte sich mit einem Schlag in diese Stadt verliebt! Und dann kamen sie auf einen großen Platz. Die Sonne schien golden vom Himmel und tauchte die Häuser in einen ganz besonderen Glanz. Es war wirklich magisch!

Während Frieda sich noch immer ganz verträumt umschaute, zerrte der kleine Joseph wie wild an ihrem Unterarm und riss sie aus ihren Gedanken. „Du, ich muss ganz dringend aufs Klo! Jetzt sofort! Ich kann es nicht mehr halten!“, sagte er verzweifelt. „Jetzt, wo du es sagst, ja, ich spür' auch so ein Zwicken im

Bauch“, sagte der Opa. „Ich glaub’, die Feigen von heute Morgen machen sich bemerkbar! Oh ja, ich muss auch aufs Klo! Und ja, sofort!“ Er schnappte den kleinen Joseph an der Hand und zog ihn in Richtung eines Cafés. Sie eilten durch den Gastgarten voller Tische und Schirme ins Innere. Frieda folgte ihnen eilig. Drinnen angekommen blickte sich der Opa um, sah eine hübsche Kellnerin, sagte: „Signorina, toilette, urgente!“ und versuchte dabei einen italienischen Akzent zu imitieren. Ohne eine Antwort abzuwarten, zog er den kleinen Joseph mit sich weiter und stürmte durch eine Tür, die zu den Toiletten führte. Obwohl das Café von außen recht schick aussah, war das Klo alles andere als modern, geschweige denn sauber. Es gab nur ein Klo für Männer und Frauen, und dieses Klo war eigentlich nur ein Loch im Boden. Der kleine Joseph fragte verzweifelt: „Aber wie soll ich denn da aufs Klo gehen? Da kann ich mich ja gar nicht hinsetzen!“ Der Opa machte es ihm vor und ging in die Hocke. „Da kann man gleichzeitig die Oberschenkel trainieren!“, sagte er. Dann verschwand er im Klo und man hörte erleichternde Geräusche von ihm im Vorraum. Der kleine Joseph machte es ihm nach, und dann ging auch noch gleich die Frieda aufs Klo, obwohl sie nicht diesen heftigen Drang verspürte. Als sich alle drei erleichtert hatten, wuschen sie sich die Hände und besahen sich in dem alten, schmierigen Spiegel. Obwohl der Spiegel schon stellenweise blind war, reichte es aus, ihnen ein erschreckendes Bild zu zeigen. Die drei wirkten regelrecht verwahrlost. Alle drei hatten zerzauste Haare, die von Frieda waren auch verfilzt. Joseph war ganz verschmiert um den Mund und um die Nase. Die Kleidung war ebenfalls sehr schmutzig und immer wieder schaute etwas Heu irgendwo hervor. Der kleine Joseph blickte nun auf seine Hände und sah die schmutzigsten Fingernägel, die er je gesehen hatte. Wenn das die Mama sehen würde! Für einen Moment musterten sich die drei ausgiebig, dann begann Frieda zu lachen! Sie zeigte mit dem Finger auf das Spiegelbild und lachte aus ganzem Herzen. Auch der Opa fing nun an zu lachen und stupste den kleinen Joseph in die Rippen. Der lachte nun auch so heftig, dass er kaum noch Luft bekam. Als sie sich wieder etwas beruhigt hatten, entschied sich der kleine Joseph, die Hände nicht weiterzuwaschen, es würde ja sowieso nichts bringen, sie waren einfach zu schmutzig. Da lachte die Frieda wieder laut auf und gab ihm recht. Schließlich verließen sie den Vorraum der Toilette und gingen wieder durch das Café zurück ins Freie. Die Kellnerin schenkte ihnen einen verächtlichen Blick, der Opa aber strahlte sie an, sagte: „Mille grazie, Signorina!" und verbeugte sich tief vor ihr. Dann schlenderten die drei weiter, über den Platz.

Da waren so viele Tauben! Frieda sagte: „Normalerweise mag ich Tauben ja nicht. Die Mama sagt immer, Tauben sind fliegende Ratten und schmutzig sind sie außerdem. Aber nun sind wir auch so schmutzig, dass wir uns kaum von ihnen unterscheiden!" In diesem Moment rempelte sie ein Junge an. Er lief schnell, allerdings mit dem Kopf nach hinten gedreht und konnte sie daher nicht sehen. Heftig stieß er mit der Schulter gegen ihre Brust, sodass sie fast umfiel und für einen Moment keine Luft bekam. Hinter dem Jungen lief eindeutig ein deutscher Tourist. Er hatte Shorts und Hemd an, außerdem Sandalen mit Socken und trug eine Kamera in der Hand. Mit der anderen Hand winkte er hysterisch und schrie: „Aufhalten! Ein Dieb! Sofort aufhalten! Polizei!" Der Junge, der durch den Zusammenstoß mit Frieda kurz ins Straucheln gekommen war, fing sich wieder, blickte Frieda in die Augen, schenkte ihr ein Lächeln und zwinkerte ihr zu. Dann lief er weiter in eine dunkle Seitengasse und war im nächsten Moment verschwunden. Der deutsche Tourist keuchte nun an Frieda, dem kleinen Joseph und dem Opa vorbei und hechelte: „Verflucht noch mal! Der hat meine Geldtasche gestohlen!"

Die drei schauten sich kurz an, zuckten mit den Schultern und gingen dann weiter. Sie schlenderten willkürlich in kleinen Gassen und über kleine Brücken und sahen sich um. Da trafen sie auf ein kleines Motorboot, das seitlich am Kanal angelegt hatte. Der Besitzer versuchte vergeblich den Motor zu starten. Aber der gab nur ein glucksendes Geräusch von sich. Obwohl Frieda, der kleine Joseph und der Opa nicht wirklich verstehen konnten, was der Besitzer sagte, waren sie sich einig, dass es nichts Schönes sei und nicht für Kinderohren bestimmt war. „Zum Glück ist es Italienisch, würde die Mama jetzt sagen", sagte die Frieda. Der Opa nickte und sah dem Bootsbesitzer eine Zeit lang zu. Dann ging er zu dem Herrn und sagte auf Deutsch: „Motor absaufen. Kaputt. Zündkerzen putzen. Verstehen?" Der Herr schaute den Opa fragend an. Der Opa versuchte es nochmals: „Motor kaputt. Zu viel Benzin auf Zündkerze. Musst du putzen! Kapische?" Der Herr schüttelte den Kopf, drehte sich um und versuchte vergeblich den Motor zu starten. Da kletterte der Opa zum Herrn aufs Boot und zeigte ihm in Zeichensprache, dass er es versuchen möchte. Außerdem versuchte er dem Herrn zu zeigen, dass er einen Schraubenzieher brauchte. Frieda sagte ihm das Wort auf Französisch, was der Herr verstand, und suchte nach dem Werkzeug. Dann machte sich der Opa an die Arbeit. Er schraubte herum, zog einige Teile heraus, reinigte manche Teile an seiner Hose, steckte sie wieder zusammen und schraubte alles fest. Dann versuchte er den Motor zu starten, und schon beim ersten Versuch sprang dieser an! Der Herr war sichtlich erfreut. Er schnappte sich den Opa und umarmte ihn. Dann kramte er in seiner Hosentasche, zog seine Geldtasche hervor und drückte dem Opa 20 Euro in die Hand. Nach einigem „Grazie, grazie!“ und „Prego, prego!“ und Schulterklopfen fuhr der Herr mit seinem Motorboot davon und der Opa wedelte mit dem 20-Euro-Schein in der Hand und fragte: „Wer will ein Eis!?“ „Ich!“, rief der kleine Joseph laut. Frieda meinte, dass sie das Geld besser für Benzin ausgeben sollten. Der Opa meinte aber: „Nichts da, wir müssen was essen. Wir haben alle Hunger. Und dann, wenn ich wieder nachdenken kann, weil ich nicht mehr vom Hunger geplagt bin, dann überlege ich, wie wir zu Benzin kommen.“ „Vielleicht könntest du Motorboote reparieren“, meinte der kleine Joseph. „Vielleicht“, stimmte der Opa ihm zu, „vielleicht aber auch etwas anderes. Aber jetzt suchen wir uns erst mal eine Bäckerei oder ein Geschäft und kaufen was zu essen!“

9. Kapitel

Mit vollem Magen schlenderten die drei durch die verwinkelten Gassen Venedigs. Obwohl Frieda noch immer etwas besorgt war, wie sie denn nun weiterfahren könnten, so ganz ohne Geld und ohne Benzin, hatte sie ein klein wenig das Gefühl von Urlaub und Abenteuer im Bauch! Es war ein gutes Gefühl! Leider hielt dieses Gefühl nicht allzu lange an und musste einem Gefühl von Angst und Panik weichen. Es war nämlich so: Als Frieda, der kleine Joseph und der Opa über die Rialtobrücke schlenderten, wurden sie voneinander getrennt, weil so viele Touristen sich dort tummelten und keine Rücksicht auf niemanden, auch nicht auf Kinder, nahmen und sich einfach quer durch die Menschenmassen drängten.

Der kleine Joseph wurde mit einer Gruppe japanischer Touristen mitgerissen und konnte sich nur mit letzter Kraft wieder aus der Gruppe befreien. Aber dann sah er Frieda und seinen Opa nicht mehr, und voller Panik rief er laut ihre Namen. Frieda hörte ihn sofort, aber es war nicht einfach, sich zu ihm durchzukämpfen. Der Opa, noch immer an seiner Eistüte schleckend, ging einfach verträumt weiter und bemerkte nichts von dem Dilemma. Er stieg die Stufen der Brücke hinab und steuerte auf ein Gondeltaxi zu. Frieda konnte sich in der Zwischenzeit zum kleinen Joseph vordrängen und schnappte nach seiner Hand. Sie riss ihn mit sich in die Richtung, in die sie den Opa verschwinden gesehen hatte. Beide schrien nun nach ihm, „Opa, Opa, warte auf uns!“ Aber er reagierte nicht. Joseph meinte es mit seinem Piratennamen versuchen zu müssen und schrie: „Pirat Stoppelbart, warte!“ Der Opa drehte sich nun auch wirklich zu ihnen um. Er schaute erschrocken drein, winkte hektisch mit der Hand und wollte von dem Gondeltaxi wieder runter. Aber weitere Touristen drängten sich schon auf das Boot und er hatte keine Chance, sich zu wehren. Genau als Frieda und der kleine Joseph die Anlegestelle erreichten und auf die Gondel springen wollten, stieß der Chauffeur die Gondel mit einem langen Stab von der Mauer ab und das Gondeltaxi setzte sich in Bewegung!

„Oh nein! Wartet! Stopp! Anhalten, wir wollen mit!", riefen Frieda und der kleine Joseph wie aus einem Mund und winkten dabei heftig mit den Armen. Der Chauffeur verstand nicht, was sie schrien, winkte ihnen lächelnd zurück und setzte seine Fahrt fort. Die Gondel entfernte sich, und der Opa schaute verzweifelt und sehr verwirrt zu Frieda und dem kleinen Joseph. Kurz bevor die Gondel in einen Seitenkanal einbog und außer Sichtweite war, winkte der Opa ihnen nochmals zu, und dann war er weg.

Frieda konnte es einfach nicht glauben! Panik stieg in ihr hoch. Und rundherum diese Menschen, die in allen möglichen Sprachen durcheinanderredeten. Ihr wurde richtig schwindlig davon. Der kleine Joseph zog an ihrer Hand und mit Tränen in den Augen schluchzte er: „Was sollen wir denn jetzt nur machen? Den Opa finden wir nie wieder! Ich will zu Mama und Papa! Ich will weg von hier!" Frieda verstand ihn nur allzu gut, auch sie wollte heim zu Mama und Papa und wollte, dass dieser Albtraum endlich endete! Aber sie musste sich zusammenreißen und durfte dem kleinen Joseph nicht zeigen, dass auch sie Angst hatte. Nein, sie war die große Schwester, und sie musste ihn beschützen.

Sie nahm ihn fest an der Hand und zog ihn aus der Menschenmenge heraus in eine Seitengasse. Ohne Ziel liefen sie durch das Labyrinth von engen Gassen, bis sie zu einem kleinen Platz kamen, an dem nur eine alte Frau auf einer Parkbank saß. Sie gingen zur zweiten freien Parkbank und setzten sich. „Was machen wir jetzt nur, Frieda?", fragte der kleine Joseph. „Es wird auch schon bald dunkel, und wir wissen nicht mal, wo wir schlafen können."

Frieda schwieg. Sie überlegte angestrengt. Es war ja echt zum Verzweifeln. Sie war mit ihrem kleinen Bruder in einer fremden, großen Stadt in einem fremden Land, dessen Sprache sie nicht verstand. Sie hatten kein Geld. Sie wusste weder die Telefonnummer von Mama noch von Papa noch von Tante Katharina. Nichts wusste sie. Nur ihre Adresse in Montarnaud. Und dass sie Frieda Allumette hieß, am 15. Mai Geburtstag hatte und neun Jahre alt war. Das wusste sie. Das war nicht viel. Nach langem Grübeln sagte sie schließlich zum kleinen Joseph: „Wir gehen zur Polizei und erzählen dort alles."

„Aber nein, das können wir nicht", protestierte der kleine Joseph. „Die sperren uns dann ein, weil wir im Hotel nicht bezahlt haben und außerdem eine Hose gestohlen haben!" „Ja, da kannst du recht haben. Aber ich glaube, dass die Polizei trotzdem versuchen wird unsere Mama zu finden, und man kann uns dann helfen und hoffentlich, wenn sie dann für das Hotel und die Hose bezahlt, müssen wir nicht im Gefängnis bleiben."

„Glaubst du wirklich?", fragte der kleine Joseph misstrauisch.

„Hast du eine bessere Idee? Mir fällt jedenfalls nichts anderes ein."

„Und was wird aus dem Opa?", fragte der kleine Joseph. „Ja, das ist eine gute Frage. Denn der kennt sich ja gar nicht aus und kann sich bestimmt nicht mehr erinnern, wo das Motorrad steht. Wahrscheinlich kann er sich schon jetzt nicht mehr erinnern, dass er eigentlich mit uns nach Frankreich fahren wollte, geschweige denn, dass wir existieren", sagte Frieda. „Der arme Opa. Dann irrt er sein restliches Leben hier herum und findet nie wieder heim. Ojemine. Das ist ja furchtbar!", jammerte der kleine Joseph und fing zu weinen an. Die Frieda nahm ihn fest in die Arme und streichelte ihm über den Kopf, so wie es die Mama sonst machte, wenn der kleine Joseph Kummer hatte. „Wirst schon sehen, wenn die Mama erst mal hier ist und uns von der Polizei abholt, dann fällt ihr bestimmt auch was für den Opa ein! Alles wird gut, ganz bestimmt."

Aber irgendwie wollte sie selber nicht so recht daran glauben. Sie machten sich nun auf die Suche nach einem Polizisten, fanden aber weit und breit keinen. Es wurde schon dunkel, und Frieda konnte einfach nicht glauben, dass es so schwierig war, die Polizei zu finden. In Montarnaud war die Polizei gleich neben dem Rathaus, und überhaupt war Montarnaud viel kleiner und auch schöner! Mittlerweile gefiel Frieda Venedig überhaupt nicht mehr.

Nach langem Suchen fragte Frieda einen alten Mann auf Französisch nach der Polizei. Der schien sie zu verstehen und fuchtelte mit der Hand vor ihrem Gesicht herum. Da Frieda aber verständnislos dreinschaute, nahm sie der alte Mann schließlich an der Hand und führte die beiden um die Ecke. Sie kamen auf einen großen Platz, und der Mann blieb mit ihnen vor einem großen, sehr schönen, gelben Haus stehen. Vor dem Haus wehte die italienische Fahne. Der Mann zeigte auf das große Tor und sagte „polizia, polizia". Dann war er auch schon wieder verschwunden.

Angst und bange war es beiden zumute. Ja, sie waren sich einig, man würde sie ziemlich sicher ins Gefängnis sperren, wenn sie einmal alles gebeichtet hätten. Und wie lange würde es dann dauern, bis die Mama verständigt war und anreisen konnte? Sie war ja auch gar nicht leicht zu erreichen, da sie ja nun im Urlaub war. Aber sie war zumindest in Italien irgendwo, also könnte die Anreise wahrscheinlich schneller gehen als von Frankreich oder Österreich. Diese und noch tausend andere Gedanken rasten Frieda durch den Kopf. Aber all dieses Grübeln half nun auch nichts mehr, sie hatten keine andere Möglichkeit. Also stupste sie den kleinen Joseph an der Schulter und sagte: „Los geht's, wir gehen in die Höhle des Löwen!" „Wieso denn Löwe?", fragte der kleine Joseph verwirrt, „das ist aber nicht der Zoo, oder?" „Egal, kleiner Joseph, lass es uns einfach hinter uns bringen!", und Frieda öffnete das große Tor zur Polizei.

Zur gleichen Zeit waren aber noch andere Leute verzweifelt und ängstlich. Allerdings etwa tausend Kilometer nördlich von Venedig. Nämlich Mama und Papa von Frieda und dem kleinen Joseph, sowie die Tante Katharina. Ein kleiner, dicker Polizist mit Schnurrbart erklärte, dass man eine Meldung aus Linfano am Gardasee über eine Person erhalten habe, auf die Opas Beschreibung passt. Und zwar wurde Anzeige erstattet gegen einen unbekannten Herrn, der angeblich gestohlen, einen Hund misshandelt und anschließend Fahrerflucht begangen hat. Laut Aussage des Opfers handelt es sich bei dem Kriminellen um einen verwahrlosten, älteren Herrn, der wahrscheinlich Österreicher ist. Die Annahme rührt daher, dass der Verdächtigte auf einem Motorrad mit Beiwagen und österreichischem Kennzeichen geflüchtet ist. In dem Beiwagen wurden außerdem zwei

Mittäter im Kindesalter gesichtet. Man könne natürlich nicht ausschließen, dass auch das Motorrad, auch wenn es ein österreichisches Kennzeichen hatte, gestohlen war und der Flüchtige nicht der Opa sei. Trotz fehlender hundertprozentiger Beweise deuteten jedoch viele Indizien darauf hin, dass es sich bei den flüchtigen und kriminellen Personen um den Opa, also den Herrn Joseph Himmelbauer, und die beiden Kinder, also Frieda und Joseph Allumette, handle.

Die Tante Katharina war ganz grau im Gesicht. Sie wippte mit dem Oberkörper vor und zurück und murmelte monoton vor sich hin: „Jesus Maria, Jesus Maria, lass das nicht wahr sein, Jesus Maria, Jesus Maria, das darf doch nicht wahr, ..." Die Mama war rot im Gesicht und zischte ihrer Schwester zu, sie solle sich nun gefälligst zusammenreißen und mit dem kirchlichen Gebrabbel aufhören! Den Papa, der wieder mal nichts verstanden hatte und ungeduldig an ihrem Ärmel zupfte, fauchte sie an, er solle nun endlich mal Ruhe geben. Und dann legte sie richtig los. Sie stand von ihrem Sessel auf und beugte sich über den Tisch zum kleinen, dicken Polizisten hinüber und sagte sehr ernst und langsam: „Beschuldigen Sie nun etwa meinen Vater, einen kranken Mann, der an Alzheimer leidet und sich an nichts erinnern kann, ein gemeingefährlicher Krimineller zu sein? Und meine Kinder beschuldigen Sie als Mittäter und Komplizen? Also, ich sag Ihnen nun mal etwas: Das wird Konsequenzen haben! Sie haben nicht das Recht, so über meine Kinder und meinen kranken Vater zu reden. Anstatt hier große Reden zu schwingen, verbinden Sie mich sofort mit der Polizei in diesem Ort in Italien. Ich will Details haben. Ich will wissen, wo sie jetzt sind." Der Polizist wollte gerade zu einer Antwort ausholen, da sagte die Mama nur ein Wort, aber wie sie es sagte, war so bedrohlich, dass der Polizist verstummte und kleinlaut zum Telefonhörer griff. Das Wort war „jetzt“. Der Papa hat zwar nicht verstanden, was genau sich hier abspielte, aber ihm tat der kleine, dicke Polizist fast leid. Er kannte das gut, wenn die Mama in so einer Stimmung war, da war wirklich nicht zu spaßen mit ihr.

Nach einem aufgrund sprachlicher Hürden langen und etwas mühsamen Telefonat mit der italienischen Polizei in Linfano bedankte sich die Mama beim kleinen, dicken Polizisten fast übertrieben freundlich und zerrte den Papa und die Tante Katharina aus der Polizeistation. „Antoine, komm, wir fahren nach Linfano an den Gardasee. Katharina, du hältst hier die Stellung! Wir halten uns per Telefon auf dem Laufenden. Abmarsch!“

10. Kapitel

Während die Mama und der Papa eine Reisetasche und etwas Proviant in ihr Auto packten und die Tante Katharina davon zu überzeugen versuchten, dass es nicht hilfreich sei, jetzt einen Nervenzusammenbruch zu bekommen, erklärte Frieda einer netten italienischen Polizistin die Situation, in der sie und der kleine Joseph sich befanden.
Die Polizistin konnte ein paar Worte Französisch und war sehr nett. Fast schon zu nett. Sie gab den beiden Wasser zu trinken und sogar einen Schokoriegel. Während Frieda von ihrer Fahrt quer durch Österreich und Italien berichtete, machte die Polizistin immer wieder Notizen und nickte. Sie nahm die Personalien der Kinder und auch vom Opa auf und bat Frieda, das, was sie geschrieben hatte, noch einmal durchzulesen. Nach etwa einer halben Stunde sagte sie dann in gebrochenem Französisch: „Ihr könnt euch hier am Gang auf diese Bank setzen und etwas warten. Ich muss nun herausfinden, was mit euch geschehen soll. Ciao, bambini!"
Als Frieda und der kleine Joseph auf der Bank saßen, führten zwei grimmige Polizisten einen Jungen an ihnen vorbei. Sie schubsten ihn vor sich her und beschimpften ihn. Den Jungen allerdings schien das kaltzulassen, er hatte ein überhebliches Lächeln im Gesicht und blies sich lässig eine schwarze Locke aus den Augen. Als er an Frieda und dem kleinen Joseph vorbeikam, zwinkerte er Frieda zu, und Frieda erkannte in ihm denselben Jungen, den sie heute Nachmittag schon am Markusplatz gesehen hatten. Der, der sie fast umgerannt und anscheinend die Brieftasche eines deutschen Touristen gestohlen hatte. Frieda

konnte nicht anders und lächelte ihn auch an. Gleich darauf lief sie rot an wie eine Tomate und ärgerte sich über sich selbst. Aber da war der Junge schon an ihnen vorbei und wurde in ein Zimmer links von der Bank geschoben. Vielleicht hat er es ja gar nicht bemerkt, und überhaupt, ist doch eigentlich egal, es gibt viel Wichtigeres, dachte Frieda.

„Die ist aber nett", meinte der kleine Joseph. „Findest du? Ich finde, er schaut recht arrogant aus mit seinen schwarzen Wuschelhaaren", antwortete Frieda. „Hä? Von wem redest du denn? Ich meine die Polizistin", sagte der kleine Joseph. „Ach so, die Polizistin. Jaja. Die, also, ja, ich weiß nicht recht", stotterte Frieda.

Schließlich sagte Frieda: „Ach, ich weiß nicht, ich traue der Polizistin nicht. Die tut nur so nett, und wahrscheinlich beredet sie jetzt mit ihren Kollegen, ob sie uns gleich ins Gefängnis sperren oder vorher noch den Opa suchen." Genau in diesem Moment ging eine Tür auf, rechts von der Bank, und in einem Verhörraum sahen sie, sie trauten ihren Augen nicht, den Opa sitzen! Frieda sprang auf und wollte zur Tür laufen. Da knallte der Polizist, der herausgekommen war, die Tür fest zu, seufzte und beschwerte sich lautstark bei einem Kollegen über ihren Opa. Frieda konnte zwar nicht die Einzelheiten verstehen, aber sie verstand einige Brocken. „Dieser Mann ist komplett unzurechnungsfähig und muss vorerst in eine Ausnüchterungszelle gesperrt werden. Er hat an eine Hauswand gepinkelt und sich dann tatkräftig gewehrt, als ihn zwei Polizisten zurechtwiesen. Der ist entweder verrückt oder total betrunken!" Bei Frieda läuteten alle Alarmglocken! Unzurechnungsfähig! Ausnüchterungszelle! Die sperren den Opa echt ein! Oh nein! Dann

werden auch bestimmt der kleine Joseph und sie selbst eingesperrt werden!
„Kleiner Joseph, was machen wir nur jetzt? Die wollen unseren Opa einsperren! Und ich bin mir sicher, dass sie uns auch ins Gefängnis sperren!“ Panik lag in ihrer Stimme, und es war ihr, als müsste sie sich jeden Moment übergeben. „Los, wir hauen einfach ab!“, sagte der kleine Joseph. „Und den Opa willst du hierlassen?“, fragte Frieda. „Nein, den nehmen wir mit. Der sitzt alleine in dem Zimmer. Wir gehen und holen ihn da einfach raus. Und dann nichts wie weg von hier!“, sagte der kleine Joseph.
Und dann ging alles furchtbar schnell. In dem Moment, als die beiden die Tür zu dem Zimmer öffneten, in dem der Opa saß, kamen die zwei Polizisten mit dem Jungen aus dem anderen Raum. Rasch schlüpften Frieda und der kleine Joseph zum Opa ins Zimmer und lehnten die Tür nur leicht an. Die beiden Polizisten gingen an der Tür vorüber. „Das ist noch mal gut gegangen“, flüsterte Frieda. Der kleine Joseph stand schon beim Opa und hatte dessen rechte Hand genommen. „Opa, schnell, komm! Wir müssen hier weg“, drängte er den alten Mann. Der Opa bewegte sich aber nicht, er starrte Frieda unverwandt an. Schließlich sagte er: „Wie meine Ottilie! Dieselben Augen, derselbe Mund, dieselben Haare! Darf denn das wahr sein?“ „Opa, komm jetzt. Wir erklären dir alles später! Komm schon mit!“ Frieda und der kleine Joseph zerrten an seinen Händen. Fast verträumt ließ er sich letztendlich von den beiden von dem unbequemen Stuhl aufhelfen, und die drei schlichen zur offenen Tür. Frieda sondierte die Lage und sagte: „Die Luft ist rein!“ Sie schubste die Tür auf und die drei wollten gerade den Gang hin-

unter Richtung Tor laufen, als wie aus dem Nichts ein Junge mit schwarzen Locken gerannt kam und Frieda, zum zweiten Mal an diesem Tag, fast niedergerissen hätte. Sie konnte sich gerade noch fangen, als sie merkte, dass es derselbe Junge von heute Nachmittag war. Der allerdings rannte wie vom Blitz getroffen davon. „Schnell!“, rief Frieda und alle drei, die Frieda, der kleine Joseph und der Opa, rannten dem Jungen hinterher, den Gang hinunter und zum Tor hinaus. Draußen war es schon dunkel, und nur wenige Leute waren auf dem Platz. Frieda entschied sich nach links zu laufen, in die kleine, dunkle Gasse. Sie bogen dreimal ab und blieben schließlich, völlig außer Atem, an einem alten Bootssteg stehen.

„Wow, das war aber knapp! Was für eine Aufregung! Fast wie im Film!“, schwärmte der kleine Joseph. Frieda wollte gerade wieder mal dem Opa erklären, wer sie waren, wer er selbst war, wo sie waren und wohin sie wollten, da hörte sie einen Pfiff. Sie drehte sich um, konnte aber nichts erkennen. Wieder hörte sie den Pfiff … und da erkannte sie im Schatten einer alten Platane den Jungen, dem sie heute schon zweimal begegnet war. Er winkte und bedeutete ihnen, zu ihm zu kommen. Etwas zögerlich folgten sie seinem Zeichen. Wieder zwinkerte er Frieda zu, und seine Augen leuchteten im Schein der Laterne. „Aiuto?“, fragte er. Und Frieda erklärte ihm auf Französisch, dass sie leider nur ganz wenige Worte Italienisch verstand. Der Junge fragte dann auf Französisch, ob sie Hilfe bräuchten, und wieder zwinkerte er ihr zu. „Hast du was im Auge?“, fragte der kleine Joseph. „Nein, der ist Italiener“, sagte der Opa und Frieda lief schon wieder rot an. Sie ärgerte sich; über sich selbst und auch, dass ihr Bruder so dumme Fragen stellte. Da erklärte der kleine

Joseph dem Jungen aber schon, dass sie wirklich Hilfe nötig hätten. Der hörte nun endlich auf, mit den Augen zu zwinkern, lächelte und sagte nur: „Kommt mit!"

Sie gingen bestimmt 20 Minuten durch ein Labyrinth von Gassen und Plätzen. Frieda war sich sicher, dass sie schon öfters an derselben Stelle vorbeigekommen waren, aber der Junge versicherte ihr: „Ich kenne mich hier aus wie in meiner eigenen Westentasche. Vertraut mir bitte!" Schließlich kamen sie in eine sehr dunkle Gasse. Keine Straßenlaterne brannte, nicht mal die Sterne vom Himmel konnte man hier sehen. Der kleine Joseph hielt sich immer stärker an der Hand von Frieda fest. Vor einem großen Ziegelsteinbau mit Schornstein und Gittern vor allen Türen und Fenstern blieben sie stehen. Der Junge schob eine Tonne etwas zur Seite, kletterte drauf, zog sich an einem Rohr hoch, schwang die Beine drüber, rauf zum Dach. Von oben leitete er die drei an, sie sollten es ihm nachmachen. Er half auch mit und gab einem nach dem anderen Hilfe beim Raufklettern. Auf dem flachen Dach gingen sie nun in Richtung Schornstein. Immer wieder machte der Junge sie auf gefährliche Löcher im Dach, durch die man durchfallen konnte, aufmerksam. Plötzlich drückte er ein Fenster in einem der Nebengebäude auf und kletterte rein. Frieda, der kleine Joseph und der Opa folgten ihm. In dem Gebäude marschierten sie nochmals durch ein paar Zimmer und Hallen, bis der Junge schließlich stehen blieb und Licht mit einer Öllampe machte.

Im Schimmer der Lampe konnte Frieda ein altes Sofa erkennen sowie ein Regal, wo unter anderem ein Campingkocher und einige Konserven standen. „Macht es euch gemütlich! Ich freu mich, endlich mal Gäste empfangen zu können! Wein oder

Bier?", fragte der Junge. Ohne lang zu zögern, sagte der Opa: „Ein Bier, bitte!" „Opa!", wies ihn Frieda zurecht, aber dem Jungen schien das gar nichts auszumachen, er war anscheinend wirklich froh über den Besuch!

Sie machten es sich auf dem Sofa gemütlich. Der Opa schien glücklich mit seinem Bier. Für Frieda und den kleinen Joseph hatte er nach langer Diskussion Wasser aufgetrieben. Und der Junge, der im Übrigen Marco hieß, schenkte sich Wein in ein Glas ein. Sie begannen zu plaudern. Frieda erzählte Marco und auch dem Opa, denn der konnte sich ja an nichts erinnern, wer sie waren und wo sie hinwollten und in was für ein Schlamassel sie hineingeraten waren.

Marco und der Opa hörten gespannt zu. Sie erzählte alles zuerst auf Französisch und dann auf Deutsch, sodass auch beide alles gut verstanden. Der Opa meinte nach einer Weile, dass das nun wahrhaftig ein aufregendes Abenteuer sei, in das die Kinder hineingeraten waren. „Aber Opa, du bist auch mittendrin in diesem Abenteuer", sagte der kleine Joseph. „Ja, in Wirklichkeit sind wir nur deinetwegen in dieser Situation!", fügte Frieda hinzu. Marco musste viel lachen, während Frieda ihm alles erzählte. Er meinte, der Opa sei ein echt cooler Typ und er hätte auch gern einen so tollen Opa.

Dann erzählte Marco seine Geschichte. Seine Eltern waren beide schon tot. Er hatte sie nie kennengelernt. Und daher war er mit seiner Schwester bei seinen Großeltern in Ligurien aufgewachsen. Aber die Oma habe sich immer nur ums Essen gekümmert, und der Opa sei immer nur mit seinen Kumpanen, alles uralte Männer, fast schon Dinosaurier, meinte Marco, im Schatten der Kirche gesessen und sie hätten sich um nichts gekümmert. Seine Schwester, schon 16 Jahre alt, wolle auch nichts von ihm wissen, sondern nur von den Jungs in ihrer Klasse. Und er sei sich so überflüssig vorgekommen, dass er beschlossen habe, abzuhauen. „Und nun bin ich schon seit zwei Monaten hier in Venedig und schlage mich so recht und schlecht durch. Ich wohne halt in diesem Versteck und lebe von der Hand in den Mund." „Du meinst wohl, vom Stehlen", korrigierte ihn Frieda. „Na ja, wie man es halt sieht. Ich nehme nur von den reichen Touristen, denen tut es nicht weh", sagte Marco.

Der kleine Joseph war schon so müde nach all der Aufregung, dass er bald einschlief. Auch beim Opa schienen die zwei Flaschen Bier ihre Wirkung zu tun, denn er schnarchte friedlich auf dem Sofa. Frieda und Marco redeten aber noch bis lange in die Nacht hinein. Über ihr Leben, ihre Träume, ihre Großväter und noch vieles mehr.

11. Kapitel

Frieda, der kleine Joseph und der Opa schliefen sehr lange. Als Frieda wach wurde, wusste sie im ersten Moment nicht, wo sie war. Aber langsam kamen alle Erinnerungen zurück, und sie blickte sich suchend nach Marco um. Der aber war verschwunden. Auch der kleine Joseph und der Opa wachten auf und wieder einmal erklärte die Frieda dem Opa, was los beziehungsweise nicht los war. Da hörten sie Schritte, und schon betrat Marco mit einer großen Tüte das Zimmer. Er war einkaufen gewesen und brachte ein fürstliches Frühstück mit: frisches Brot, Schinken, Käse, Orangensaft!

Nach dem Frühstück beschlossen sie einen Spaziergang zu machen. Marco wollte ihnen ein altes Kino zeigen. Da konnte man sich durch eine Seitentür unbemerkt hineinschleichen und den ganzen Tag Filme anschauen. Der Opa musste fest versprechen, dass er immer bei ihnen blieb und sich nicht mehr von Touristen wegdrängen ließ.

Die Mama und der Papa waren in der Zwischenzeit in Linfano angekommen. Sie warteten auf der Polizeistation ungeduldig auf den zuständigen Beamten, der die Anzeige bezüglich des Diebstahls und der Fahrerflucht aufgenommen hatte. Endlich, nach einer halben Ewigkeit, hatte er für sie Zeit, verstand aber nicht, oder er wollte nicht verstehen, warum die Mama und der Papa sich so aufgeregt nach den Tatverdächtigen erkundigten. Und wirklich weiterhelfen konnte und wollte der Beamte ihnen auch nicht. Während die Mama wie eine Wilde auf ihn einredete, klingelte Papas Telefon. Mama schenkte ihm einen verächtlichen Blick, der sagen sollte: „Nicht jetzt! Wir haben hier

Wichtigeres zu erledigen!“ Der Papa ignorierte aber den Blick der Mama und nahm das Gespräch entgegen. Immer wieder nickte er nur und sagte „Ja, ja“. Dann legte er auf und sagte zur Mama: „Sie sind in Venedig!“ „In Venedig? Was um alles in der Welt suchen sie denn in Venedig?“, fragte die Mama. Ohne dem Polizeibeamten eine Erklärung zu geben oder sich für seine Nicht-Hilfe zu bedanken, liefen die Mama und der Papa einfach aus dem Polizeirevier zum Auto. Im Auto, auf dem Weg nach Venedig, erklärte Papa der Mama dann alles. Gestern Abend waren zwei Kinder namens Frieda und Joseph Allumette in Venedig zur Polizei gekommen und hatten um Hilfe gebeten. Die Polizei in Venedig alarmierte sofort die Behörden in Frankreich, die wiederum gaben heute früh im Rathaus in Montarnaud die Meldung weiter. Und der Bürgermeister höchstpersönlich rief nun den Papa an.

Die Kinder allerdings waren nun wie vom Erdboden verschwunden. „Was meinst du damit? Und was ist eigentlich mit dem Opa? Hat sich der auch bei der Polizei gemeldet?“, fragte die Mama entsetzt. Der Papa gab das weiter, was der Bürgermeister ihm erzählt hatte, nämlich dass die Kinder verschwanden, nachdem sie Meldung gemacht hatten. Vom Opa wusste der Bürgermeister in Montarnaud nichts. „Aber wir fahren jetzt nach Venedig. Du wirst sehen, jetzt finden wir sie. Wenn die zwei schon einmal zur Polizei gegangen sind, dann gehen sie nochmals hin!“, sagte der Papa, um die Mama zu beruhigen.

Fünf Stunden später kamen Mama und Papa in Venedig an und gingen sofort auf das Polizeipräsidium. Dort konnte man ihnen allerdings nicht viel mehr sagen, als sie schon vom Bürgermeister aus Montarnaud wussten.

Die Kinder waren wieder verschwunden und vorerst wusste niemand, wo sie waren. Die Mama ergänzte die Meldung durch eine genaue Personenbeschreibung vom Opa. Außerdem gab sie das Kennzeichen der Beiwagenmaschine bekannt. Die Polizistin machte ein komisches Gesicht und rief einen Kollegen zu sich. Nach einem heftigen Austausch auf Italienisch und ebensolchem Gestikulieren mit Händen und Füßen erklärte die Polizistin, dass gestern auch eine Person, auf welche die Beschreibung des Opas zutreffe, aufgegriffen wurde. Die besagte Person habe an eine Hausmauer uriniert und sich dann handgreiflich gegen zwei Polizisten zur Wehr gesetzt. Die Person wurde schließlich mit Gewalt festgenommen, sei aber, etwa zur selben Zeit wie die zwei Kinder, noch ehe ein genaues Protokoll aufgenommen werden konnte, vom Polizeirevier verschwunden.
Die Mama war vor Wut und Verzweiflung schon wieder ganz rot im Gesicht. Wie konnte das nur sein, dass alle drei wieder verschwunden waren?! Was war das überhaupt für eine Polizei, die Leute einfach davonlaufen ließ?! Der Papa aber bemerkte sofort, dass die Mama kurz vor dem Explodieren war, und packte sie am Arm. „Beruhige dich. Wir finden sie schon! Wir suchen uns nun ein Zimmer und kommen etwas später noch mal zurück!"
In der Zwischenzeit verbrachten Frieda, der kleine Joseph, Opa und Marco einen wunderschönen Nachmittag. Zuerst sahen sie im Kino einen alten Film mit Adriano Celentano. Als der Schauspieler im Film ein Lied, nämlich „Azzurro", zu singen begann, sang der Opa laut und sehr falsch mit. Die wenigen Besucher der Vorstellung drehten sich zu ihnen um und machten komische Gesichter. Marco musste lachen und meinte: „Euer Opa hat keine Idee von Italienisch! Er singt ganz komische

Wörter, die es gar nicht gibt!“ Dem Opa war das egal. Er sagte mit Nachdruck: „Das war eines der Lieblingslieder meiner geliebten Ottilie. Wir haben es immer so mitgesungen.“
Nach dem Film machten sie einen langen Spaziergang und Marco lud sie auf Eis und Cola ein. Frieda war erstaunt, dass er so viel Geld hatte. Marco sagte: „Ja, gestern, der deutsche Tourist hatte sehr viel Geld in seiner Geldtasche. Selber schuld. Und die Polizisten, die mich später aufgegriffen haben, haben das Geld, das ich immer in meiner linken Socke aufbewahre, nicht gefunden. Ha! Die haben von mir nur verlangt, meine Hosentaschen zu leeren.“
Nach dem Eis gingen sie weiter, setzten sich schließlich an den Rand eines Kanals und warfen Steine ins Wasser. Da fragte der kleine Joseph: „Wie geht es jetzt eigentlich weiter? Ich möchte heim zu Mama und Papa!“ Ja, das war eine gute Frage. „Ich kann euch zeigen, wie man unbemerkt die Geldtasche von dummen Touristen stehlen kann. Aber ihr macht das dann nicht am Markusplatz, das ist schon mein Revier!“, sagte Marco. „Kommt nicht in Frage!“, sagte Frieda schockiert. „Wir haben schon genug Schwierigkeiten am Hals! Und je mehr man gegen das Gesetz verstößt, desto länger muss man ins Gefängnis. Es wäre auch viel besser, du würdest mit dem Stehlen aufhören und wieder heim zu deinen Großeltern gehen!“ „Nein, auf keinen Fall. Zu denen geh ich nicht mehr zurück!“, sagte Marco. „Aber du kannst doch nicht dein ganzes Leben hier in deinem Versteck wohnen, ganz allein. Und du musst ja auch zur Schule!“, sagte der kleine Joseph. „Nein, zur Schule muss ich nicht. Ich kann rechnen und lesen. Und ich spreche mehrere Sprachen. Sogar etwas Japanisch. Von den Touristen lernt man viel, glaub mir!“, erwiderte Marco. Da meldete sich der Opa zu Wort.

„Als ich ein kleiner Bub war, ach, das waren noch ganz andere Zeiten, da war ich mal in einer ähnlichen Situation wie du, Marco. Meine Eltern hatten sieben Kinder und waren restlos überfordert. Die Mama war Hausfrau, immer am Putzen und am Kochen. Und wenn wir mal durchs Haus jagten und vergaßen, uns die Schuhe abzuputzen, lief sie uns mit dem Kochlöffel nach und schlug auf den Ersten ein, den sie erwischen konnte. Zum Glück konnte ich schnell laufen, aber meine kleine Schwester, die Arme, die war langsamer. Sie hat oft die Schläge für uns alle abbekommen. Der Papa, ein ganz strenger und gemeiner, war den ganzen Tag arbeiten und am Abend im Wirtshaus mit seinen Kumpanen trinken. Bis zum Umfallen. Und dann kam er spätnachts nach Hause und machte Lärm und weckte uns alle auf. Wenn er schlechte Laune hatte, riss er uns aus dem Bett und versohlte uns den Hintern. Ach, das war vielleicht ein Tyrann! Da beschlossen mein kleinerer Bruder und ich, dass das so nicht weitergehen kann, und wir schlichen still und heimlich eines Nachts aus dem Bett und liefen von zu Hause fort. Damals gab es ja noch kaum Autos oder andere Verkehrsmittel. Wir schnappten uns das Fahrrad der Nachbarin und fuhren damit davon. Bis nach Salzburg sind wir gekommen. Das war eine Drei-Tages-Reise. Zwischendurch stahlen wir ein paar Äpfel aus Gärten. In Salzburg versuchten wir es zuerst mit Betteln. Das ging nicht gut. Dann putzten wir Schuhe. Das war auch nicht sehr lukrativ. Geschlafen haben wir in einem stinkenden Loch unter einer Brücke. Es war furchtbar, aber wir dachten uns, alles sei besser als bei uns zu Hause! Dann begannen wir zu stehlen. Wir mussten das tun, weil wir sonst verhungert wären. Tja, und eines Tages wurden wir erwischt. Der Polizist nahm uns mit aufs Revier und drohte uns derartig, dass wir uns fast in die Hosen machten. Wir beichteten dann alles, und der Polizist schickte uns mit dem nächsten Zug wieder heim. Mama und Papa holten uns vom Bahnhof ab. Wir hatten noch viel mehr Angst vor denen als vor dem Polizisten. Aber wisst ihr was, die beiden weinten und fielen uns um den Hals! Sie waren so glücklich, dass wir heil wieder da waren! Mit Tränen in den Augen versprach die Mama uns, dass sie nie wieder mit uns schimpfen wird, und der Papa versprach, mit uns Fußball zu spielen, anstatt ins Wirtshaus zu gehen. Und so war es auch! Gemeinsam mit dem Papa und unseren anderen Geschwistern waren wir ein mächtig starkes Fußballteam und schlugen alle Nachbarkinder! Schön war es auf einmal daheim, und wir wollten nie wieder weglaufen!"

Die drei, also Frieda, der kleine Joseph und Marco, hörten gespannt zu. Frieda war erstaunt: „Opa, das wussten wir ja gar nicht. Warum hast du uns das nie erzählt?" „Weil es bis jetzt nicht nötig war. Ihr habt ja liebe Eltern, und es geht euch gut. Aber der Marco hier scheint es etwas schwerer zu haben in seinem Leben. Keine Eltern, die Großeltern keine Zeit. Das ist nicht gut. Marco, auch wenn du den Eindruck hast, dass sich niemand um dich kümmert, deine Großeltern machen sich bestimmt große Sorgen, und du solltest zu ihnen zurückgehen. Ich bin mir sicher, wenn ihr miteinander redet, findet ihr einen Weg, wie ihr alle glücklich werden könnt. Du glaubst, dass du es ganz alleine schaffen kannst und dass du niemanden brauchst. Aber das stimmt nicht. Du brauchst Menschen um dich herum, vor allem aber deine Familie."

Marco schaute zu Boden und schwieg. Nach einer Weile meinte er: „Ihr könntet mich ja adoptieren und ich gehöre dann zu eurer Familie." „Das geht leider nicht so leicht. Aber weißt du was, du hast deine Familie, mit der du dich gut arrangieren wirst. Und du hast uns als Freunde, dein Leben lang. Das ist noch besser, dann hast du nämlich beides!", sagte der Opa. Marco schien noch immer nicht ganz überzeugt. „Ich muss mir das noch überlegen. Aber wenn ihr schon meine Freunde für ein ganzes Leben seid, warum bleibt ihr nicht noch eine Weile bei mir in meinem Versteck? Wir könnten vieles gemeinsam unternehmen, gemeinsam kochen, Karten spielen und vieles mehr!" „Siehst du, dir fehlt deine Familie ja doch! Wir bleiben gern noch ein wenig bei dir. Aber sobald wir eine Lösung für unser Problem gefunden haben, nämlich etwas Geld, müssen wir weiterfahren. Denn unsere Eltern machen sich sonst Sorgen!", sagte Frieda.

Sie gingen weiter, schlenderten durch die Gassen Venedigs. Aber alle vier waren sehr nachdenklich. Marco dachte an seine Großeltern und wie sehr sie ihm doch eigentlich fehlten. Es waren sein Stolz und auch seine Scham, die ihm sagten, er solle nicht wieder zu ihnen zurückgehen. Frieda zerbrach sich den Kopf, wie sie an Geld kommen könnten, ohne zu stehlen. Der kleine Joseph dachte an Mama und Papa und hatte furchtbar Heimweh. Und der Opa dachte an seine Eltern, an seine Kindheit und an die Zeit, als er seine geliebte Ottilie kennenlernte.

Die Eltern von Frieda und dem kleinen Joseph verbrachten fast den ganzen Nachmittag und den ganzen Abend am Polizeirevier. Sie warteten und warteten. Die Mama war ganz nervös, und dem Papa fiel es schwer, sie zu beruhigen. „Du wirst sehen, wir werden sie bald finden und alles wird gut! Ich verspreche es dir! Den beiden geht es gut, und dem Opa auch!", sagte der Papa. Die Mama schaute ihn dankbar an, glaubte aber nicht so recht an seine Worte. Gegen zehn Uhr abends schickte die freundliche Polizistin die beiden dann in ihr Hotel und meinte: „Sobald wir Neuigkeiten haben, rufen wir Sie an. Versprochen. Ansonsten kommen Sie morgen am Vormittag wieder zu uns. Alle Polizisten in Venedig halten nach den dreien Ausschau. Es ist nur eine Frage der Zeit, bis wir sie finden."

Etwa zur selben Zeit, als eine traurige Mama und ein deprimierter Papa ins Hotel, ganz in der Nähe der Polizeistation, wanderten, feierten die Frieda, der kleine Joseph, der Opa und Marco ein Fest. Marco hatte Pizza organisiert, außerdem noch Bier für den Opa und Cola für den Rest der Mannschaft. Sie langten ordentlich zu, schmatzten, redeten, lachten und sangen! Der Opa sang nochmals lauthals seine Version von „Azzurro", was Frieda, den kleinen Joseph und Marco sehr zum Lachen brachte. Dann versuchte sich Marco mit Michael Jackson und tanzte dazu den Moonwalk. Frieda sang ihr Lieblingslied von den Beatles, Ob-la-di Ob-la-da, und der kleine Joseph half ihr beim Refrain! Es war ein sehr lustiger Abend! Für einen kurzen Moment konnten alle ihre Sorgen vergessen, bis auf den Opa, denn der vergaß sie ja sowieso dauernd.

12. Kapitel

Am nächsten Morgen wachten alle vier gut gelaunt auf. Sogar der Opa war in Form, und es war, als könnte er sich sogar an Frieda und den kleinen Joseph erinnern. Das kam beinah einem Wunder gleich! Sie aßen die restliche Pizza zum Frühstück und tranken Cola. Der kleine Joseph musste laut rülpsen und freute sich mächtig!

Da sagte Marco: „Also, ich habe mir das in der Nacht überlegt, und ich glaube, ihr habt recht. Ich werde zu meinen Großeltern zurückgehen.“ Frieda, der kleine Joseph und der Opa jubelten vor Freude. Dann sagte Marco: „Ich gehe zurück, aber nur unter einer Bedingung.“ Er machte es spannend, erst nach einer großen Pause sprach er weiter. „Also, ich habe Angst, allein zurückzugehen. Mein Opa, auch wenn er meistens gar nichts tut und nur rumsitzt, kann manchmal sehr, sehr wütend werden. Daher will ich nicht allein hingehen. Ihr müsst mitkommen. Der Opa soll meinem Opa seine Geschichte erzählen und überhaupt mit ihm reden und ihn dazu bringen, ein bisschen so wie der Opa hier zu werden.“ „Ja, ich denke, das können wir schon machen. Wir können mit dir zu deinen Großeltern fahren und ihnen erklären, dass sie lieb zu dir sein und sich mehr Zeit für dich nehmen sollen. Aber wir haben noch immer das Problem, dass wir hier festsitzen, weil wir kein Geld für Benzin haben“, sagte Frieda. „Haben wir schon. Ich habe nämlich sparsam gelebt und immer etwas zur Seite gelegt. Hier, das sind mindestens 200 Euro“, sagte Marco. Der kleine Joseph machte große Augen. Er hatte noch nie so viel Geld auf einmal gesehen. „Nein, das geht nicht. Das ist gestohlenes Geld, und Stehlen ist ein Verbrechen, und dann kommen wir alle ins Gefängnis", antwortete Frieda. „Ach was, stell dich nicht so an, Mädel", sagte der Opa. „Er wird es jetzt auch nicht zur Polizei tragen und zurückgeben. Das bringt ja nichts. Wichtig ist, dass der Marco zu stehlen aufhört und zu seinen Großeltern zurückkehrt. Da können wir das restliche Geld, das von seiner, sagen wir, Vergangenheit übrig ist, doch dazu verwenden, ihm beim Start in sein neues und anständiges Leben zu helfen."

Schließlich waren sich alle einig. Marco würde für Proviant und Benzin aufkommen, dafür würden Opa, Frieda und der kleine Joseph Marco wieder nach Hause bringen. Marco erklärte dem Opa ganz genau, wo er wohnte. Das Dorf hieß Santuario und lag ein paar Kilometer von Savona im Landesinneren. Der Opa studierte die Landkarte und nickte dann. „Dafür werden wir allerdings zwei Tage brauchen. Wenn wir bald aufbrechen, können wir es heute bis Piacenza schaffen, und morgen bewältigen wir den Rest." Marco packte eilig seine Habseligkeiten. Frieda, der kleine Joseph und der Opa hatten ja nichts zu packen und waren startklar. Und schon gingen sie zum Motorrad. Zum Glück hatte Frieda eine sehr gute Orientierung und ein sehr gutes Gedächtnis und wusste noch genau, wo sie das Motorrad geparkt hatten. Der Opa hatte es nämlich vergessen.

Kurz bevor sie das Motorrad erreichten, fuhren zwei Polizisten Streife mit ihrem Auto. Sie fuhren an dem Parkplatz vorbei, an dem das Motorrad geparkt war. Einer der Polizisten meinte: „Hey, sieh mal, das ist ein richtiger Oldtimer. Was für ein schönes Motorrad!" Da sagte der andere: „Du, das ist doch das Motorrad, das zur Suche ausgeschrieben worden ist. Ja, schau, es hat dieses österreichische Kennzeichen. Ich funke mal gleich

in die Zentrale und gebe den Standort bekannt." Das machte er auch, und dann fuhren sie langsam weiter.
Als die Meldung im Polizeirevier einging, lief die nette Polizistin sofort zu den wartenden Eltern von Frieda und dem kleinen Joseph. „Wir haben das Motorrad gefunden! Schnell! Wir fahren gemeinsam hin!" Die Mama und der Papa sprangen auf und rannten der Polizistin hinterher. Mit noch einem Kollegen sowie mit Blaulicht und Folgehorn fuhren sie zu dem gemeldeten Parkplatz.
Beim Motorrad angekommen, übernahm der Opa die Sitzverteilung und teilte auch die Helme beziehungsweise Lederkappen und Fliegerbrillen aus. Frieda und der kleine Joseph sollten, wie gehabt, im Beiwagen Platz nehmen. Sie mussten sich nun ein Set Kappe und Brille teilen. Der kleine Joseph schnappte sich die Brille und überreichte Frieda die Lederkappe. Opa gab Marco das zweite Set. Er sah zum Lachen komisch aus mit seinen schwarzen Locken, die unter der Lederkappe hervorschauten, und der großen Fliegerbrille. „Wie ein Clown!", kicherte der kleine Joseph. „Na, du schaust auch nicht besser aus", sagte der Opa und setzte sich seinen „Nachttopf" auf, so nannte er seinen Helm, und ebenfalls eine Brille. Dann schob er das Motorrad vom Parkplatz über die Straße zur Tankstelle und füllte Benzin ein. Marco ging zahlen. Die Dame an der Theke wunderte sich nicht schlecht über die Kinder und den älteren Herrn, die aussahen, als kämen sie aus einer anderen Zeit. Und schon startete der Opa das Motorrad, Marco krabbelte hinter den Opa auf den Rücksitz und hielt sich an seinem Bauch fest. Der Opa gab mächtig Gas, legte mit lautem Knarren den Gang ein und fuhr los. Als sie die Straße entlangfuhren und Venedig

hinter sich ließen, hörten sie noch die Sirene eines Polizeiautos, aber das kümmerte sie nicht mehr.
Mama, Papa und die zwei Polizisten sprangen aus dem Auto und schauten sich hektisch um. Aber sie konnten weit und breit kein Motorrad sehen. Es gab hunderte von Motorrollern, aber kein Motorrad mit Beiwagen. Die Mama fragte nervös, ob sie schon am richtigen Parkplatz waren. Die nette Polizistin ignorierte sie und funkte die Kollegen, die das Motorrad gemeldet hatten, an. Nach einem lauten italienischen Geschnatter ins Funkgerät sagte sie dann schließlich zu Mama und Papa: „Es ist der Parkplatz. Sie müssen in den letzten zehn Minuten hier gewesen und mit dem Motorrad weggefahren sein." „Das darf doch nicht wahr sein!", fluchte der Papa. Die nette Polizistin ging auf die andere Straßenseite zur Tankstelle und erkundigte sich beim Tankstellenbesitzer, ob ihm ein altes Motorrad mit Beiwagen aufgefallen sei, sowie ein älterer Herr und zwei Kinder. Der aber schüttelte den Kopf. Und als seine Frau von der Toilette zurückkam, hatte die Polizistin die Tankstelle schon wieder verlassen.
Der Opa brauste mit den Kindern über die Landstraße. Er genoss es, mit dem Motorrad zu fahren, seit dem Tag, als er das Motorrad gekauft hatte: Es war so ein schönes Gefühl, von Freiheit und Gelassenheit. Auch Marco genoss es sehr. Es war das erste Mal, dass er auf einem richtigen Motorrad mitfuhr, nicht auf einer der lahmen Vespas. Das war schon ganz was anderes! Und auch Frieda und der kleine Joseph waren glücklich. Nun würden sie endlich nach Frankreich fahren und vielleicht schon in vier Tagen wieder daheim bei Mama und Papa sein. Der Opa hatte die Wahl zwischen Autobahn und Landstraße, entschied sich für die Landstraße, denn es drängte sie ja nichts. Die Groß-

eltern von Marco wussten ja nicht, dass er bald wieder daheim sein würde, und ob er nun ein paar Stunden früher oder später kam, war doch wirklich egal.
Nachdem sie Padua und Verona hinter sich gelassen hatten, kamen sie schließlich an den Gardasee. Opa blieb stehen. „Ich muss mal dringend aufs Klo und Hunger habe ich auch. Wie schaut es bei euch aus?", fragte er. „Ja, wir sollten etwas essen gehen. Aber, Opa, schwimmen gehen wir nicht", sagte Frieda. „Wieso nicht? Es ist das perfekte Badewetter!", sagte Opa. „Das erklär' ich dir beim Essen, okay?", antwortete Frieda und zwinkerte dem kleinen Joseph zu.
Sie fanden eine kleine Taverne und bestellten mit Hilfe von Marco hausgemachte Pasta und Salat. Außerdem Bier für Opa und Cola für den Rest. Die Wirtin war eine zünftige ältere Frau, die Gefallen am Opa fand. Sie erzählte Marco, dass ihr Mann leider vor zwei Jahren an Krebs gestorben sei, und nun schuftete sie hier ganz alleine. Da wäre etwas Hilfe von einem Mannsbild schon eine große Unterstützung. Und auch die Abende seien so einsam. Der Marco übersetzte alles brav für Frieda ins Französische, die erklärte es dem Opa auf Deutsch. Aber der Opa schüttelte nur den Kopf und sagte: „Du hast mir erzählt, dass ich vor ein paar Tagen hier von einer dicken, alten Mama verdroschen worden bin, und die Nächste will mich heiraten. Also, die sind hier ja alle verrückt! Lass uns schnell weiterfahren, bevor die auch noch mit dem Kochlöffel zuhaut, weil ich ihren Wunsch nicht erhöre!"
Marco erklärte es der alten Frau etwas diplomatischer, sie tat ihm leid und er sagte, dass sie schnell weitermüssten, weil seine Großeltern auf ihn warteten. Etwas enttäuscht begleitete die

alte Frau die vier Reisenden zum Motorrad und drückte dem Opa noch einen feuchten Schmatz auf die Wange. Dann winkte sie dem Motorrad traurig hinterher. Der Opa gab Gas und fuhr schneller als je zuvor davon.
Kurz vor Piacenza hielten sie an und fanden eine Pension, in der sie übernachten wollten. Marco regelte wieder alles, die Zimmer beziehungsweise Gästewohnung, das Abendessen und das Bezahlen.
Mama und Papa waren noch immer in Venedig auf dem Polizeirevier. Die Mama war mit den Nerven völlig fertig, und der Papa begann wütend zu werden: „Also wirklich, meinen langersehnten Urlaub hab' ich mir aber anders vorgestellt. Jetzt bin ich zwar mit meiner Frau in Italien, sogar in Venedig, aber verplempere meine Zeit mit Rumsitzen und Warten. Das bringt ja sowieso nichts. Komm, ich lade dich jetzt zum Essen ein. Und wir trinken einen Aperitif und dann eine Flasche Wein. Du wirst sehen, das hilft. Für heute Abend zumindest!" Er schnappte die Mama am Arm und zog sie mit sich auf die Straße hinaus. Sie konnte sich gar nicht wehren oder etwas erwidern, schon waren sie auf der Suche nach einem schönen Restaurant.

13. Kapitel

Am nächsten Morgen brachen Opa, die Frieda, der kleine Joseph und Marco zeitig auf. Sie hatten einen langen Weg vor sich und wollten nicht allzu spät ankommen, damit sie noch etwas Zeit hatten, die Großeltern von Marco kennenzulernen. Es war ein nicht sehr spektakulärer Tag, denn die meiste Zeit fuhren sie durch die italienische Pampa und machten nur selten Pause.

Nur einmal hatten sie ein kleines Malheur. Nach einer Rast am Rand einer Schafweide hatte der Opa Schwierigkeiten, das Motorrad wieder aus dem Straßengraben zu fahren. Er musste viel Gas geben, aber der Reifen drehte immer wieder durch, und schließlich rollte der Opa rückwärts an einen Zaun. Marco, Frieda und der kleine Joseph halfen mit all ihren Kräften, das Motorrad aus dem Graben zu schieben. Nach schwerem Schuften schafften sie es auch. Erschöpft von der Anstrengung und erleichtert fuhren sie weiter, ohne sich noch einmal umzudrehen. Das hätten sie besser nicht gemacht. Denn hätten sie sich umgedreht, dann wäre ihnen aufgefallen, dass der Opa mit dem Motorrad den Zaun beschädigt hatte. Nun liefen an die 100 Schafe von der Weide auf die Straße. Und das hatte schwerwiegende Folgen.

Genau in diesem Moment kam der Bauer, dem die Schafe gehörten, mit seinem kleinen Lieferwagen daher und musste eine Notbremsung machen. Sonst hätte er eines der Schafe niedergefahren. In seinem Auto transportierte er etwa 200 Eier und einige Kilo Tomaten, die er am Wochenmarkt verkaufen wollte. Das konnte er nun vergessen. Wegen der Bremsung flog alles

buchstäblich durch die Luft. Die Eier und Tomaten wurden nach vorne geschleudert und verursachten eine ordentliche Sauerei!
Schimpfend und von oben bis unten mit Eiern und Tomaten besudelt, sprang der Bauer aus seinem Auto und sah gerade noch das Motorrad um die nächste Kurve biegen. Er fluchte laut und suchte dann dieses nutzlose Ding, dieses Handy, das ihm sein Sohn letzte Weihnachten geschenkt hatte, um die Polizei anzurufen.
Als der Polizist die Anzeige aufnahm und das Kennzeichen des Flüchtigen in die Datenbank eingab, sah er, dass ein gewisser Joseph Himmelbauer schon in Linfano am Gardasee und in Venedig straffällig geworden war. Ein drittes Mal innerhalb weniger Tage wurde eine Anzeige gegen den Opa wegen Fahrerflucht erstattet. Außerdem wurde er nun zusätzlich der Tiermisshandlung, des Diebstahls und des Widerstands gegen die Staatsgewalt auch der Sachbeschädigung beschuldigt. Unverzüglich telefonierte der Polizeibeamte mit seinen Kollegen in Linfano und Venedig und meldete das neueste Vergehen.
Die nette Polizistin in Venedig informierte sofort die Eltern der Kinder. Noch immer etwas verkatert vom Wein, den sie am Vorabend getrunken hatten, staunten sie über die Neuigkeiten. Der Opa, ein Kleinkrimineller, war nun plötzlich nicht mehr in Venedig, sondern in einem Dorf in der Nähe von Genua und randalierte auf Schafweiden. Wieso denn das nur? Der Papa bedankte sich bei der Polizistin für all ihre Hilfe und zog die Mama mit sich hinaus. „Los, wir fahren nach Genua. Wir sollten keine Zeit verlieren“, sagte er. „Jaja. Aber ich versteh' die Welt nicht mehr. Warum befreit der Opa Schafe von ihrer

Weide und tritt nach Hunden? Das passt doch alles nicht zu ihm", sagte die Mama.
Der Opa, Frieda, der kleine Joseph und Marco, die ja nichts von dem Malheur mitbekommen hatten, waren nun schon fast an ihrem ersten Ziel. Nämlich bei den Großeltern von Marco. Sie mussten noch die kleine Bergstraße hinauffahren und dann ins Dorf hinein. An der Kirche rechts vorbei und das dritte Haus war das von Marcos Großeltern.
Am Kirchenplatz, im Schatten der großen Platane, saßen einige ältere Herren. Auch ein paar Straßenköter lagen im Schatten der Kirche. Marco zupfte nervös am Ärmel von Opa. Der hielt an und drehte sich zu Marco um. Marco zeigte auf die Gruppe älterer Männer und sagte: „Da, das da ist mein Opa, der mit dem Schnurrbart und der Kappe." „Ja, aber die haben alle einen Schnurrbart und tragen eine Kappe", sagte der Opa verwirrt. Neugierig schauten die schnurrbärtigen Männer den Opa an. Es war selten, dass sich ein Auswärtiger in ihr Dorf verirrte, und dann auch noch jemand mit einem alten Motorrad mit Beiwagen. Marco stieg langsam vom Motorrad und nahm die Lederkappe und die Fliegerbrille ab. Zaghaft ging er auf die Männer zu und winkte verhalten.
Da sprang einer der Männer auf und rannte auf Marco zu, ganz schnell, das hätte man diesem alten Herrn gar nicht zugetraut. Vor Marco blieb er stehen. Er starrte ihn ein paar Sekunden lang an, dann ging alles ganz schnell. Zuerst fuhr seine Hand durch die Luft und landete klatschend auf Marcos Wange. Fast gleichzeitig schnappte er Marco, umarmte ihn, hob ihn hoch und drehte sich mit ihm um die eigene Achse. Dabei weinte er und schrie: „Er ist wieder da, unser Marco. Gott sei Dank! Dass

ich das noch erleben darf! Marco, Marco!“ Schließlich setzte er Marco wieder ab und küsste seine Stirn, seine Wangen, seine Augen. Marco machte ein ganz komisches Gesicht. Nach etwa 100 Küssen blickte der alte Mann schließlich auf und kam auf den Opa zu. Er hatte noch immer Tränen in den Augen, sagte etwas auf Italienisch und verneigte sich vor dem Opa. Marco übersetzte, dass er sich beim Opa bedankte und dass dies der glücklichste Tag seines Lebens sei. Und dass er auf ewig in Opas Schuld stehe.

Der Opa winkte ab und sagte: „Aber geh, ist doch nicht nötig. Aber ein Bier hätte ich mir jetzt schon verdient!“ Und so parkte der Opa das Motorrad und alle, also die zwei Opas, Frieda, der kleine Joseph und Marco, gingen ins Haus. Dort wiederholte sich das Spektakel noch einmal. Die Oma von Marco war mindestens genauso aus dem Häuschen, wenn nicht sogar mehr, wie sein Opa. Und auch die Schwester und ihr Freund freuten sich sehr über Marcos Rückkehr. Marco hatte ganz rote Wangen und war sichtlich gerührt!

Es wurde ein wunderschöner Abend. Die Oma vom Marco hat ein Festessen gezaubert, und es gab viel zu trinken. Marcos Opa suchte seine Ziehharmonika und begann zu spielen, der Opa sang mit, auch wenn er den Text nicht kannte. Und Frieda und Marco tanzten! Die Schwester vom Marco zwinkerte Frieda zu und meinte: „Da hat sich mein kleiner Bruder aber eine sehr hübsche Freundin geangelt!“ Frieda wollte ihr erklären, dass sie gar nicht Marcos Freundin sei, zumindest so nicht, wie die Schwester das meinte. Da umarmte Marco Frieda und flüsterte ihr ins Ohr: „Danke, meine Frieda! Du hast mir so geholfen! Und meine Schwester hat recht, du bist das hübscheste Mädchen, das ich kenne. Und auch das gescheiteste!“ Und dann küsste er sie, einfach so, vor allen Leuten. Frieda wäre am liebsten im Erdboden versunken, so peinlich war es ihr. Verschämt blickte sie sich um, aber niemand schien sich daran zu stören oder lachte sie aus. Da sagte sie zu Marco „Das habe ich gern gemacht“ und gab ihm einen Kuss zurück.

Sie feierten noch bis spät in die Nacht. „Die Italiener sind, was Feiern und Schlafenszeiten betrifft, sowieso viel toleranter als die Franzosen und die Österreicher“, meinte der Opa. Frieda fragte sich, ob das nun etwas mit den unterschiedlichen Wurzeln zu tun hatte. Aber so richtig glaubte sie nicht daran, denn auch hier, genauso wie zu Hause in Südfrankreich, wuchsen Oliven- und Feigenbäume. Na, es war ja auch egal. Sie genoss es sehr, und zum ersten Mal, seit sie auf ihrer langen Reise nach Frankreich waren, vergaß sie für ein paar Momente ihren Kummer und wie und ob sie jemals wieder nach Hause zu Mama und Papa kommen würden.

Auch Mama und Papa wollten ihren Kummer vergessen. Sie waren hundemüde und wollten nur noch schlafen. Das Kopfweh, das vom Vorabend herrührte, ließ sich den ganzen Tag nicht so recht bekämpfen, trotz Aspirin und viel Wasser, und nun saßen sie schon seit zehn Stunden im Auto, was auch nicht gerade zur Besserung beitrug. Endlich in Genua angekommen, suchten sie sich ein Hotel und fielen beide in einen traumlosen, sehr tiefen Schlaf.

14. Kapitel

Die Oma von Marco überredete ihre drei Gäste, noch einen Tag zu bleiben. Opa konnte sich mal wieder an nichts erinnern und hatte daher nichts dagegen einzuwenden. Frieda und der kleine Joseph wussten nicht recht, denn sie wollten so schnell wie möglich zurück zu Mama und Papa. Da schaute Marco Frieda mit einem ganz traurigen Hundeblick an und sagte: „Meine liebe Frieda, bleib noch einen Tag bei mir. Wer weiß, wann wir uns das nächste Mal sehen oder ob wir uns jemals wiedersehen, und ich möchte dir noch so viel zeigen und erzählen."

Da war es auch für Frieda glasklar, dass sie nichts dagegen einzuwenden hatte, noch einen Tag hierzubleiben. Der kleine Joseph war damit überstimmt und musste sich fügen, was ihm aber nichts auszumachen schien. Er war schon mit dem Hund nach draußen in den Garten gelaufen und spielte mit ihm.

Es wurde ein sehr gemütlicher und erholsamer Tag. Alle drei, Opa, Frieda und der kleine Joseph, nahmen ein langes Bad. Marcos Oma wusch ihr Gewand und versorgte sie in der Zwischenzeit mit alten Klamotten von Marcos Opa beziehungsweise von Marco. „Wenn du diese Hose behalten willst, ich glaube, mein Mann hat nichts dagegen. Ich finde bestimmt noch Hosenträger, die passen", sagte Marcos Oma zum Opa und musterte dabei die gestohlene Tarnhose vom Opa etwas misstrauisch. „Nein, passt schon. Ich hab' diese Hose nun schon fast lieb gewonnen. Sie ist auch sehr praktisch mit all den Seitentaschen da. Aber vielen herzlichen Dank, dass wir unsere Sachen bei euch waschen können", erwiderte der Opa. Marcos Oma winkte aber ab und ließ sich beim Wäschewaschen nicht helfen.

Marco meinte: „Die Waschküche ist ihr Revier, und niemand außer der Oma selbst hat da etwas verloren." So war sie nun mal. Bestimmt würde sie nach dem Wäschewaschen sofort in die Küche eilen, ein weiteres Oma-Revier, und dort den restlichen Vormittag verbringen. Ja, und so war es auch.

Marcos Opa schlug währenddessen vor, eine Dorfrunde zu drehen. Er wollte seinem Besuch die Sehenswürdigkeiten zeigen. Viel gab es da ja eigentlich nicht zu sehen, und Frieda kam es eher so vor, als wollte er seinen Besuch dem Dorf zeigen und damit angeben, dass er Freunde aus der ganzen Welt hatte. Überall mussten sie stehen bleiben, vor der Kirche, bei der Bar, beim kleinen Greißlerladen und an der Tankstelle, und überall wurden der Opa, die Frieda und der kleine Joseph vorgestellt. Alle wollten ihnen die Hände schütteln beziehungsweise der Frieda und dem kleinen Joseph einen Schmatz auf die Stirn drücken. Und überall wurde dem Opa gedankt, dass er den Marco wieder heil zurückgebracht hatte.

Ja, der Opa war fast so was wie ein Heiliger in diesem Dorf. Dem Opa schien das zu gefallen. Er war ein Held und wusste nicht so recht, warum. Es schien mit diesem Jungen zu tun zu haben, den sie Marco nannten, aber er war sich nicht sicher. Er würde später das kleine Mädchen fragen. Wenn er sich recht erinnerte, hatte es ihm immer wieder weitergeholfen, wenn er sich verloren fühlte. Da wurde er aus seinen Gedanken gerissen, denn die dicke Frau vom Greißlerladen drückte ihm eine dicke tange Salami in die Hand, als Willkommens- und Dankeschöngeschenk, und strahlte ihn übers ganze Gesicht an. Auch der Wirt von der Bar lud ihn auf ein Stamperl Selbstgebrannten ein. Der Opa war begeistert von all dem Ruhm und auch von dem

Selbstgebrannten, eine teuflische Delikatesse. Später würde er noch auf ein Bier vorbeischauen.
Dann gab es ein deftiges Mittagessen. Selbstgemachte Spaghetti, dann Hase mit Kartoffeln und anschließend selbstgebackenen Kuchen. Der kleine Joseph konnte den Hasen einfach nicht essen, so leid tat ihm das arme Tier. Dazu kam, dass er noch kurz vor dem Essen die Hasen im Hasenstall gestreichelt hatte. Nun wurde ihm bewusst, dass einer dieser Hasen nun vor ihm am Teller lag. Marcos Oma verstand diese kindlichen Sorgen nicht und nahm es beinahe persönlich, dass der kleine Joseph das Hasenfleisch nicht essen wollte. Immerhin hatte sie den Ruf einer sehr guten Köchin. Der Opa bestätigte es ihr schmatzend und letztendlich gab sie sich damit zufrieden.
Den Nachmittag verbrachten die zwei Opas in der Bar. Die sprachlichen Schwierigkeiten schienen sie nicht weiter zu stören, sie verstanden sich prächtig, indem sie mit Händen und Füßen deuteten, ein Bier nach dem anderen leerten und jeder für sich Geschichten erzählte, ohne dass der andere etwas davon verstanden hätte. So erzählte der Opa von der Oma, ihren wunderschönen roten Haaren, und Marcos Opa von seinem verstorbenen Sohn. Und auch, dass er auch einmal ein Motorrad gehabt hatte und sich vielleicht wieder eins zulegen mochte. Er deutete auf Opas Beiwagenmaschine, und der Opa verstand und zeigte ihm sehr gründlich den Motor und das Drumherum. Dann startete er das Motorrad, und die zwei Opas drehten eine Dorfrunde. Dann ließ der Opa Marcos Opa das Vergnügen, und der, mächtig stolz, brauste mit dem Motorrad davon. Ja, er musste unbedingt auch wieder ein Motorrad haben, das war nun klar!

Während die Opas mit dem Bier und dem Motorrad beschäftigt waren, zeigte Marco Frieda und dem kleinen Joseph sein geheimes Versteck. Sie mussten einige Zeit durch Felder und Wiesen laufen, dann noch ein kleines Stück durch den Wald, bis sie schließlich an einen kleinen Teich und gleich darauf an einen uralten Baum kamen. Der Stamm war extrem dick und hohl. Marco zwängte sich durch einen Spalt in den Stamm hinein und war verschwunden. Keine Minute später winkte er von der Baumkrone, auf einem Ast sitzend, zu ihnen hinunter und rief: „Kommt schon! Es ist ganz leicht, von innen hier heraufzuklettern!“ Der kleine Joseph folgte ihm, dann auch Frieda. Marco machte Platz auf dem Ast, und schließlich saßen alle drei nebeneinander.

„Das ist aber genial!“ Der kleine Joseph war beeindruckt.

„Ja, du hast recht. Und niemand weiß davon, nur ihr jetzt. Hier komme ich ganz oft her, um allein zu sein und ungestört nachdenken zu können“, erklärte Marco. Sie blieben lange sitzen, redeten über Gott und die Welt, oder eher über die Opas und Italien und Frankreich. Dann schworen sie, für immer Freunde zu bleiben und dass sie sich Briefe schreiben würden.

Marco nahm sich auch ganz fest vor, bald zu ihnen nach Frankreich auf Besuch zu kommen. Er wollte seine große Schwester überreden mitzukommen, dann würden es die Großeltern bestimmt erlauben.

Die Mama und der Papa kamen in der Zwischenzeit in das kleine Dorf, in dem der Bauer wohnte, dessen Zaun von der Schafweide der Opa beschädigt hatte. In diesem Dorf gab es keine Polizeistation, dafür war es zu klein. Sie erkundigten sich im Rathaus und wurden zu dem einzigen Dorfpolizisten, der über

Recht und Ordnung in diesem Dorf waltete, gebracht. Der saß gerade in der Dorfbar gegenüber der alten Kirche mit ein paar Bauern bei einem Bier zusammen und plauderte. Als Mama erklärte, wer sie waren und welches Anliegen sie hatten, sprang der Polizist auf und nahm sie an der Hand.

Aufgeregt, nun endlich wieder eine Aufgabe zu haben - in diesem Dorf war es ruhiger und friedlicher als im Himmel -, führte er sie ein paar Häuser weiter und blieb an einem alten Steinhaus stehen, dessen Tür sperrangelweit offen stand. Er schrie sehr laut und auf Italienisch etwas in das Haus hinein. Sie hörten ein Grummeln, und nach einiger Weile zeigte sich ein alter Mann. Es war der Bauer, mittlerweile wieder von Eiern und Tomaten gereinigt. Nachdem der Polizist ihm erklärt hatte, wer Mama und Papa waren, schimpfte er laut und fuchtelte mit den Händen vor Papas Gesicht. Der Papa fürchtete sich beinahe, so wütend schien der alte Bauer zu sein. Er suchte nach seiner Geldtasche und fragte: „Wie groß ist denn der Schaden? Sind 150 Euro genug für die zerbrochenen Eier und die zermatschten Tomaten?" Er wollte das Geld gerade aus der Geldtasche ziehen, da schnappte sich der Bauer schon die Scheine und schimpfte weiter.

Der Polizist erklärte, dass auch der Zaun beschädigt sei und das nochmals 50 Euro ausmache. Da fing die Mama in ihrer Handtasche zu suchen an und kratzte ihr restliches Geld zusammen. Der Bauer schien nun fürs Erste zufrieden und ruhiggestellt. Endlich konnten sich die Mama und der Papa nach dem Opa und den Kindern erkundigen. Aber der Bauer konnte ihnen nicht wirklich weiterhelfen, er hatte sie ja nur davonfahren sehen, in Richtung des Weinguts vom alten Giuseppe. Er musste

ja stehen bleiben, weil überall die Schafe waren und er mit Eiern und Tomaten beschmiert war.
Nun ja, recht viel mehr Information hatten die Mama und der Papa nun nicht bekommen, aber zumindest konnten sie den Bauern überreden, seine Anzeige gegen den Opa zurückzuziehen, denn immerhin waren sie sehr großzügig für den verursachten Schaden aufgekommen.
Etwas unschlüssig standen sie nun auf dem kleinen Dorfplatz und wussten nicht recht, was sie als Nächstes machen sollten. „Ich will von hier auf alle Fälle weg! Alle Männer aus der Bar schauen uns so neugierig an und tuscheln bestimmt, weil wir den Opa kennen, der hier randaliert hat“, sagte die Mama. „Ja, lass uns weiterfahren. Wir fahren jetzt zurück nach Genua. Vielleicht fahren wir sogar bis nach La Spezia und setzen unseren Urlaub in den Cinque Terre fort“, sagte der Papa.
Die Mama gab dem Papa einen leichten Taps auf den Hinterkopf und schimpfte: „Sag mal, hast du sie noch alle? Die Kinder und der Opa sind seit acht Tagen abgängig, der Opa hat schon mehrere Anzeigen am Hals und ernsthafte Schwierigkeiten mit der Polizei, und du willst Urlaub in den Cinque Terre machen?“
„Na was sollen wir denn sonst tun? Ich kann sie ja auch nicht herzaubern. Und überhaupt wird es sowieso eng, in ein paar Tagen muss ich zurück sein und wieder zur Arbeit gehen. Da würde ich halt noch gern einen oder zwei schöne Tage mit dir verbringen“, wehrte sich der Papa. „Die Kinder sind abgängig und du denkst an die Arbeit und an ein paar schöne Tage. Also wirklich!“ Die Mama schimpfte noch lange vor sich hin, der Papa hörte irgendwann nicht mehr zu. Er gab der Mama recht, und letztendlich entschied die Mama, nach La Spezia zu fahren, denn sie hatte auch keine bessere Idee. Der Papa grinste.

15. Kapitel

Der Abschied von Marco und seinen Großeltern fiel allen schwer. Frieda hatte sogar ein paar Tränen in den Augen, die sie peinlich fand und wegzuwischen versuchte. Marco aber streichelte über ihre Wangen und umarmte sie dann lange. „Ich schreib dir, fest versprochen! Und jeden Abend um zehn Uhr schaue ich auf den Kleinen Wagen am Himmel und denke an dich. Und du machst dasselbe, dann sind wir quasi beisammen, okay?“, flüsterte er ihr ins Ohr. Frieda nickte nur, sie konnte nichts sagen, zu groß war der Kloß in ihrem Hals.

Auch der Opa und der kleine Joseph verabschiedeten sich herzlich von Marco und drückten ihn fest. Der Opa wünschte ihm alles Gute und meinte: „Falls du wieder mal weglaufen solltest, dann nach Österreich. Ich habe zwar vergessen, wo ich wohne, wie anscheinend so vieles andere auch, aber Frieda wird es dir erklären.“ Marco drückte dem Opa das restliche Geld in die Hand, so versteckt, dass es seine Großeltern nicht sehen konnten. „Ich brauche das hier nicht mehr, aber ihr könnt es gut gebrauchen. Danke für alles!“, sagte er.

Marcos Großeltern umarmten auch den Opa, Frieda und den kleinen Joseph. „Versprecht uns, dass ihr vorsichtig fahrt. Und dass ihr wiederkommt“, mahnte Marcos Oma, und sein Opa meinte: „Dann habe auch ich wieder ein Motorrad und wir zwei Herren können eine Spritztour machen.“ Dazu grinste er verschmitzt und zwinkerte dem Opa verschwörerisch zu. Nach unendlichen Umarmungen und Küssen auf Stirn und Wangen nahmen Opa, Frieda und der kleine Joseph auf dem Motorrad Platz. Der Opa startete das Motorrad, und gerade als er den

Gang einlegte und wegfahren wollte, fing Marcos Großmutter wie wild mit den Armen zu fuchteln an und rannte, so schnell es ihr möglich war, ins Haus zurück. Eine Minute später kam sie mit einer großen Tasche Proviant zurück, die sie für die drei Reisenden hergerichtet hatte und nun beinahe vergessen hätte. Sie erklärte dem Opa die Köstlichkeiten, die sie eingepackt hatte: selbstgemachte Pasta, Brot, Schinken und Käse, natürlich Focaccia mit Oliven und auch Kirschkuchen, eingelegte Oliven und mit Schafkäse gefüllte Tomaten, ein gegrilltes Hühnchen und noch vieles mehr.
„Damit kommen wir bis nach Amerika, auf alle Fälle bis nach Frankreich", lachte der Opa und umarmte Marcos Oma ein letztes Mal. Dann brauste er los. Marco und seine Großeltern winkten dem Motorrad hinterher, auch Frieda und der kleine Joseph winkten aus dem Beiwagen. Der Opa hupte laut. Als sie an der Bar und am kleinen Lebensmittelgeschäft vorbeifuhren, winkten ihnen auch die Besitzer und ein paar der Gäste, und auch als sie an der Kirche vorbeikamen, sprangen die alten Männer von der Bank unter der großen Platane auf und winkten ihnen zum Abschied.
Sie schlängelten sich die kurvige Landstraße bergab, bis sie schließlich die Küste erreichten. Der Opa hielt an und genoss für ein paar Augenblicke die atemberaubend schöne Landschaft. Auch Frieda und der kleine Joseph waren sehr beeindruckt. Dann fuhren sie an der ligurischen Küste entlang. Gegen Mittag hielt der Opa an und die drei fanden ein schönes Plätzchen zum Mittagessen. Sie gingen einen kleinen Weg durch einen Pinienwald, bis sie das Meer erreichten. Das letzte Stück mussten sie ein paar Felsen hinunterklettern und kamen schließlich an eine kleine verlassene Bucht. Ach, war das schön!

Das Meer war tiefblau und glitzerte silbern durch die einfallende Sonne. Der Sand am Strand war fast weiß, warm und ganz weich. Der Pinienwald im Hintergrund zeigte sich in einem satten Grün. Es war so, wie sich Frieda das Paradies vorstellte. Da riss sie der Opa aus ihren Gedanken, denn splitternackt rannte er an ihr vorbei und störte ein klein wenig ihre Vorstellung vom Paradies. Der Opa ließ sich ins Meerwasser plumpsen und lachte dabei wie ein kleines Kind. Er plantschte mit den Armen im Wasser, tauchte unter, tauchte wieder auf, schnaubte Wasser aus und begann dann sein Spiel wieder von vorne! Auch wenn es die Vorstellung des Paradieses gestört hatte, schaute es doch sehr einladend aus, wie der Opa da im Wasser plantschte. Frieda und der kleine Joseph zogen sich also auch schleunigst aus und folgten dem Opa. Ihre Scheu vor dem Nacktsein hatten sie mittlerweile verloren. Lange plantschen und schwammen sie in den leichten Wellen des Meeres, das ganz klar war und auch warm. Der kleine Joseph schwamm wirklich ausgezeichnet, und der Opa sagte anerkennend: „Also, so ein kleiner Zwerg wie du, und schon schwimmen wie ein Johnny Weissmüller! Alle Achtung!" „Na du hast es mir beigebracht, Opa. Aber wer ist Johnny Weissmüller?", antwortete der kleine Joseph. „Echt, ich hab' dir Schwimmen beigebracht?", fragte der Opa ganz stolz. „Na da habe ich eine gute Leistung vollbracht!" „Und wer ist nun Johnny Weissmüller?", fragte nun auch Frieda. „Na Tarzan halt! Kennt ihr Tarzan nicht?", fragte der Opa ungläubig und schrie wie ein Irrer: „Ooooiiiooooiiioooo! Ich Tarzan, du Frieda!" Dabei tippte er sich an die Brust und dann auf die von Frieda. Verwundert schauten Frieda und der kleine Joseph den Opa an. „Macht nichts, ihr kennt dafür Filme und Helden, von denen

ich bestimmt keine Ahnung habe!", lachte der Opa und wiederholte seinen Urschrei!
Nach einem ausgiebigen Bad ließen sich die drei in der Sonne trocknen. Der Opa erzählte die Geschichte von Tarzan, von der schönen Jane und dem Affen Cheetah. Gespannt lauschten die Kinder der Geschichte. Schön war das! Und dann gab es noch all die Köstlichkeiten von Marcos Oma zum Mittagessen! Ja, Frieda fühlte sich wieder wie im Paradies! Es war so schön, dass die drei die Zeit vergaßen. Es war schon später Nachmittag, als sie wieder aufbrachen. Und wäre die Sonne nicht hinter die Felsen gewandert, wären sie noch immer an dieser schönen einsamen Bucht.
Sie fuhren noch lange an diesem Tag. So lange, dass Frieda und der kleine Joseph im Beiwagen eingeschlafen waren. Es war schon dunkel, als sie der Opa aufweckte: „Schaut her, das ist die Grenze zwischen Italien und Frankreich." „Ich sehe aber gar nichts", sagte Frieda etwas verschlafen. „Na ja, weil es ja eigentlich keine wirkliche Grenze gibt. Ich wollte euch nur mitteilen, dass wir in Frankreich sind. Willkommen zu Hause, ihr zwei Schlafmützen!" Frieda und der kleine Joseph grinsten. „Das heißt, wir fahren heute noch heim, zu Mama und Papa?", fragte der kleine Joseph aufgeregt. „Nein, das geht sich nicht aus. Aber morgen könnten wir es schaffen! Jetzt suchen wir uns ein Hotel für die Nacht. Frieda, ich brauch' dich dabei, ich versteh' ja kein Wort von dem, was die hier sagen!", antwortete der Opa.

Auch die Mama und der Papa verbrachten einen den Umständen entsprechend schönen Tag. Sie wussten nicht, wie sie weiter in der Suche nach Opa und den Kindern vorgehen sollten. Sie hatten auch keine weiteren Nachrichten von der Polizei erhalten. Das war vielleicht auch besser so, denn zumindest bedeutete das, dass der Opa keinen Blödsinn machte und sie in keinen Schwierigkeiten steckten. Da sie also nichts Besseres zu tun hatten, verbrachten sie den Tag in den Cinque Terre. Sie besuchten unglaublich schöne Dörfer und fanden auch eine kleine verlassene Bucht, in der sie sich sonnten. Die Mama seufzte von Zeit zu Zeit, unterdrückte es aber, zu jammern. Es half ja doch nichts. Sie wollte darauf vertrauen, dass die Oma im Himmel als Schutzengel auf die drei achtgeben würde. Sie musste dabei über sich selbst lachen, denn wenn man verzweifelt war, dann fing man auf einmal wieder wie ein kleines Kind an, solchen Blödsinn zu glauben. Na ja, vielleicht war es ja gar kein Blödsinn.

Nur die arme Tante Katharina hatte keinen schönen Tag. Seit dem Verschwinden von Opa und den Kindern vor neun Tagen machte sie sich große Vorwürfe. Sie konnte kaum schlafen und brachte keinen Bissen herunter, nicht einmal von der leckeren französischen Leberpastete, die Antoine ihr mitgebracht hatte.

16. Kapitel

Als Opa, Frieda und der kleine Joseph an diesem Tag wach wurden, lag etwas Besonderes in der Luft. Alle drei waren aufgedreht und sehr gut gelaunt. Die Frieda meinte, dass es bestimmt daran lag, dass sie heute noch heim zu Mama und Papa kommen würden. Sie freute sich sehr darauf. Auch der kleine Joseph konnte es kaum erwarten, wieder bei seinen Eltern zu sein!
Der Himmel war leuchtend blau, keine einzige Wolke war zu sehen, und die Sonne lachte hell und warm auf sie herunter. Voller Elan packten sie ihre Habseligkeiten in den Beiwagen, und schon ging es los. „Endspurt", wie der Opa sagte.
Sie fuhren weiter entlang der Küste, die nun, auf der französischen Seite, Côte d'Azur hieß. Es war ebenfalls wunderschön und alle drei waren tief beeindruckt von der atemberaubenden Landschaft. Sie kamen zügig voran, als plötzlich kurz vor Monaco der Verkehr ins Stocken kam. Der Opa meinte: „Das ist wohl wegen der vielen Touristen!" Nach ein paar Kilometern sahen sie Polizei, die die Hauptstraße abgesperrt hatte und den Verkehr auf eine Nebenstraße umleitete. Da meinte der Opa, dass wohl ein Unfall passiert sei. Langsam rollten sie näher auf die Absperrung zu. Gerade als der Opa bei der Absperrung auf die Nebenstraße abbiegen wollte, winkte der Polizist wie wild und deutete dem Opa an, er solle an der Absperrung vorbei- und weiter die Hauptstraße entlangfahren. Verwirrt fügte sich der Opa der Anweisung. Da meinte er zu begreifen, dass wohl nur Motorräder an der Unfallstelle vorbeifahren konnten. Sie fuhren langsam weiter, sahen aber weit und breit keinen Unfall. Schließlich kamen sie ins Zentrum von Monaco, in den Stadt-

teil Monte Carlo, wo es von Polizisten nur so wimmelte. Einer erblickte den Opa, winkte wieder und wies ihm den Weg zu einem Parkplatz. Als sie auf den Parkplatz fuhren, kam auch schon eine junge Dame auf sie zugerannt. Sie fragte ihn einige Dinge, aber der Opa verstand nur Bahnhof. Schnell kam ihm Frieda zu Hilfe. Oft musste sie aber den Opa um Auskunft fragen, denn es ging vorwiegend um das Motorrad. Welche Marke, welches Baujahr, wie viele Pferdestärken, seit wann in Besitz vom Opa und noch einiges mehr. Die Fragen verwirrten Frieda sehr, vor allem die mit den Pferden und der Stärke, zumal weit und breit keine Pferde zu sehen waren, sondern nur unzählige andere Motorräder. Schließlich, nach weiteren Fragen zum Motorrad und auch zur Person vom Opa, gab die Dame dem Opa ein Trikot, das er sich überziehen sollte. Darauf war die Startnummer 525 gedruckt. Die Dame meinte dann noch, dass alles Weitere über die Sprechanlage durchgesagt werden würde. Sie sollten gut aufpassen, wann das Rennen vom Opa dran sei, er werde nur mit seiner Startnummer aufgerufen. Voraussichtlich sei es aber gegen Mittag. Dann wünschte sie dem Opa noch alles Gute für das Rennen und einen schönen Aufenthalt in Monte Carlo. Verdutzt blickten sich Opa und Frieda an. Da zuckte der Opa mit den Schultern und sagte: „Tja, offensichtlich sind wir hier bei einem Motorradrennen. Und wenn wir schon mal da sind, dann machen wir halt mit."

Er fuhr auf den Parkplatz und parkte das Motorrad. Überall standen weitere alte Motorräder und es wimmelte nur so von Männern in bunten Trikots mit unterschiedlichen Nummern darauf. Der Opa staunte. „Das ist ja wahrhaftig ein gigantisches Treffen von Oldtimern!" „Was ist ein Oldtimer?", fragte der kleine Joseph. Der Opa erklärte, dass das sehr alte und wertvolle Motorräder oder auch Autos sind, die nicht mehr produziert werden. Sie spazierten über den Parkplatz und der Opa inspizierte sehr interessiert viele der Maschinen. Einige waren auch mit Beiwagen. Dann kamen sie zur Rennstrecke, die direkt durch die Stadt und die Altstadt von Monte Carlo führte. Es fand gerade ein Rennen statt und sie sahen, wie einige Motorräder, eng aneinandergedrängt, an ihnen vorbeiflitzten.

Da wurde auch schon die Startliste für das nächste Rennen über die Lautsprecher bekannt gegeben. „Opa, sie haben 525 aufgerufen! Das sind wir! Schnell, wir müssen da nach vorne zum Start!“, rief Frieda aufgeregt. Schnell liefen sie zur Beiwagenmaschine zurück. Frieda und der kleine Joseph nahmen im Beiwagen Platz, während sich der Opa Helm und Brille aufsetzte. Dann startete er das Motorrad und langsam rollten sie zum Start. Einige weitere Beiwagenmaschinen waren schon dort und ein Herr mit gelber Weste zeigte ihnen, zu welcher Startposition sie vorfahren sollten. Kurz erklärte er ihnen die Regeln und wie viele Runden zu fahren waren. Die nächsten Minuten schienen wie eine Ewigkeit. Dann war es so weit.

Der Herr mit der gelben Weste stellte sich nach vorne, zwischen die ersten beiden Beiwagenmaschinen. Der Opa war unmittelbar dahinter in der zweiten Reihe und sagte sehr aufgeregt zu Frieda und dem kleinen Joseph: „Ihr haltet euch gut fest und in den Kurven legt ihr euch mit rein, in Fahrtrichtung. Alles klar?“ Da hob der Mann mit der gelben Weste auch schon eine Flagge in die Höhe, und mit einem Schwung ließ er sie nach unten sausen. Die Motoren der Motorräder heulten auf, und schon brausten sie los, an dem Mann mit gelber Weste vorbei. Der Opa beschleunigte und fuhr den zwei anderen Beiwagenmaschinen hinterher, gefolgt von etwa zehn weiteren. Da kam auch schon die erste Linkskurve. Der Opa ging etwas vom Gas, legte sich in die Kurve und beschleunigte wieder. Der Beiwagen verlor den Bodenkontakt und schwebte in der Kurve durch die Luft. Frieda und der kleine Joseph schrien auf! Kaum hatten sie die Kurve hinter sich, senkte sich der Beiwagen und sie fuhren blitzschnell weiter. Der Opa drehte sich zu ihnen um und rief: „Keine Sorge, ich habe alles unter Kontrolle!“ Und schon kam die nächste Kurve, und dasselbe Spektakel wiederholte sich. Frieda und der kleine Joseph hielten einander fest und blickten ganz starr vor sich hin. Aus dem Auspuff des vor ihnen fahrenden Motorrades trat eine Stichflamme aus und dann viel schwarzer, dicker Rauch. Für kurze Zeit konnten sie kaum etwas sehen und es stank erbärmlich. Opa machte einen Haken und wich dem langsamer werdenden Motorrad aus. Der Vordermann musste anhalten, und der Opa schoss an ihm vorbei. Die Häuser von Monte Carlo sowie der Hafen und all die Jachten und Segelboote, die dort ankerten, flitzten an ihnen vorbei, und durch das laute Surren des Motors nur sehr gedämpft konnten Frieda und der kleine Joseph den Applaus der unzähligen Zuschauer, die entlang der Rennstrecke standen, hören. Sie waren schon in der dritten Runde, als das Motorrad hinter ihnen versuchte, sie zu überholen. Der Opa aber gab mehr Gas, sodass sie Kopf an Kopf die lange Gerade dahinfuhren. An der Kurve bremste der Opa ein wenig, für einen kurzen Moment schien der Gegner sie zu überholen, da schaltete der Opa einen Gang zurück und legte sich in die Kurve, der Beiwagen schwebte erneut in der Luft. Mitten in der Kurve gab er aber wieder Vollgas und brauste

links am anderen Motorrad vorbei. Frieda und der kleine Joseph jubelten! Auch der Opa grinste und fühlte nun ein kleines Kribbeln im Bauch. Ja, er würde versuchen, seinen Vordermann zu überholen. Sie waren bereits in der fünften und letzten Runde, da nutzte der Opa einen kleinen Fehler des Führenden aus. Der fuhr zu weit rechts, und schon drängte sich der Opa an ihm links vorbei und konnte ihn in der letzten Kurve wirklich vollständig überholen. Da schossen sie auch schon die Zielgerade entlang und an dem Mann mit der gelben Weste vorbei. Dieses Mal wedelte er mit der Zielflagge, die weiß und schwarz kariert war. Der Opa wurde langsamer, fuhr aber noch eine sechste Runde. „Das ist eine sogenannte Ehrenrunde", erklärte er Frieda und dem kleinen Joseph. Außerdem öffnete er das Verdeck vom Beiwagen, sodass Frieda und der kleine Joseph besser sehen und vor allem auch dem Publikum besser zuwinken konnten. Die Leute jubelten und winkten zurück. Opa, Frieda und der kleine Joseph grinsten über beide Ohren. Alle drei waren sie mächtig stolz und konnten es kaum glauben, wirklich das Rennen gewonnen zu haben! Als sie wieder zum Ziel kamen, deutete der Mann in der gelben Weste an, dass sie parken sollten. „In fünf Minuten beginnt die Siegerehrung!", rief er.
Zuerst wurde der Pilot, der an dritter Stelle war, aufgerufen. Er kletterte auf das Siegerpodest und erhielt eine Medaille und einen Blumenstrauß. Ebenso der Pilot, der auf dem zweiten Platz gelandet war. Dann wurde der Opa aufgerufen. „An erster Stelle und damit Sieger in der Klasse Beiwagenmaschine vom Baujahr 1950 bis 1960: Joseph Himmelbauer aus Österreich!" Wieder ging ein Raunen durch die Menge. Die Leute jubelten und applaudierten. Manche pfiffen laut, andere hatten kleine

Hupen, mit denen sie mächtig Krach machten. Rundherum wurden kleine Fähnchen geschwungen. Und gerade als Opa, Frieda und der kleine Joseph aufs Siegerpodest kletterten, schoss aus einer kleinen Kanone Konfetti heraus, das nun langsam auf sie herabrieselte. Eine sehr schöne Dame, nur im Badeanzug, kam auf sie zu und überreichte dem Opa einen Pokal. Als sie ihm ein Küsschen auf die Wange gab, blitzte es überall von unzähligen Kameras. Eine weitere schöne Dame, auch im Badeanzug, kam nun mit einer Flasche Champagner und dem eigentlichen Preis, und zwar einem Scheck über 2000 Euro! Auch sie küsste den Opa. Der Opa, der etwas rot angelaufen war, sei es aufgrund der hübschen Damen, sei es wegen des Ruhms und der Freude, hielt Pokal und Champagner in die Höhe. Frieda und der kleine Joseph sprangen wie wild auf und ab und jubelten! Dann öffnete der Opa den Champagner. Er hielt einen Daumen auf die Öffnung, und dann schüttelte er die Flasche. Champagner spritzte in alle Richtungen, und nicht nur Opa, Frieda und der kleine Joseph wurden davon ganz nass. Es schien aber niemanden zu stören, denn die anderen Piloten sowie die hübschen Damen lachten und klatschten in die Hände. Dann nahm der Opa einen Schluck Champagner aus der Flasche, wischte sich mit dem Handrücken über den Mund und reichte die Flasche an Frieda weiter. „Da, das haben wir uns verdient!“, sagte er. Frieda nahm auch einen Schluck und reichte die Flasche weiter an den kleinen Joseph. Der verschluckte sich mächtig am Champagner, er hatte ja nicht gewusst, dass dieses Zeugs so sehr sprudelte. Noch viel mehr als Cola!
Nun kam eine dritte schöne Dame, wieder im Badeanzug, und überreichte dem Opa einen weiteren Preis. Eine vergoldete

Tafel, als Ehrenpreis für den am weitesten angereisten Teilnehmer! Stolz übernahm der Opa auch noch diesen Preis, und wieder ging eine Welle von Applaus durch die Menschenmassen.

Als Opa, Frieda und der kleine Joseph wieder vom Siegerpodest herunterkletterten, kam ein Fernsehmoderator auf sie zu und bat um ein Interview. Der Opa grinste in die Kamera und sagte: „Das erledigt meine Enkelin für mich!“ Die Frieda beantwortete die Fragen des Moderators so gut es ging, und alle drei winkten lachend und vor lauter Glück strahlend in die Kamera. Dem kleinen Joseph rutschte genau in diesem Moment ein kleiner Rülpser heraus, verlegen legte er die Hand auf den Mund und entschuldigte sich dafür, aber er kannte den Effekt von Champagner bis zum heutigen Tage ja nicht. Alle drei kicherten und winkten ein letztes Mal in die Kamera.

Beschwingt vor Stolz, Freude und auch ein bisschen aufgrund des Champagners schritten die drei davon. „Jetzt haben wir uns aber ein Festessen verdient! Das muss gefeiert werden!“, sagte der Opa. Sie suchten sich ein Restaurant mit Terrasse, von der aus sie den Blick auf die Rennstrecke und daher auch auf die weiteren Rennen hatten. „Aber Opa, hast du die Preise gesehen? Das ist viel zu teuer hier“, sagte Frieda. „Ach was, wir haben gerade 2000 Euro gewonnen. Was kostet schon die Welt? Nichts ist zu teuer für uns drei Superstars!“ Und schon bestellte der Opa Bier, Cola und eine Grillplatte für drei Personen. Der Kellner wirkte etwas verwundert, denn normalerweise servierte er Champagner, nicht Bier, und Austern, nicht Grillteller. Aber was soll's, dachte er sich. Er erkannte den alten Herrn wieder, er hatte gerade eben die Siegerehrung mit ihm im Fernsehen gesehen.

Und anscheinend war er ja weither gereist und kannte sich mit den Sitten in Monte Carlo nicht so gut aus. Das war auch an seiner Kleidung zu erkennen, denn normalerweise hatten die Gäste keine Tarnhosen an … und waren auch rasiert.
Nicht nur der Kellner erkannte den Opa wieder, auch einige andere Gäste im Restaurant hatten den Opa, Frieda und den kleinen Joseph bei der Siegerehrung gesehen und kamen nun zu ihnen an den Tisch, um sie zu beglückwünschen. Dem Opa schwoll die Brust an, so stolz machte es ihn. „Na, was hab' ich euch gesagt? Wir sind nun Stars!"
Nach dem Essen schlenderten sie noch durch die engen Gassen von Monte Carlo. Und es passierte ein paarmal, dass Frieda meinte jemanden zu kennen, bis sie schließlich darauf kam, dass sie die eben gesehenen Personen nicht wirklich kannte, sondern nur aus dem Fernsehen. Hier wimmelte es nur so von Berühmtheiten! Aber Opa, Frieda und der kleine Joseph waren ja nun auch eine Berühmtheit, zumindest für diesen Tag.

17. Kapitel

Die drei Superstars beschlossen, den Tag und auch die Nacht in Monte Carlo zu verbringen. Der Opa meinte: Ich bin zu aufgeregt, um weiterzufahren, und außerdem gehört unser Ruhm ausgiebig genossen.“ Sie suchten sich eine Unterkunft für die Nacht und quartierten sich in einem Vier-Sterne Hotel ein. Das Zimmer kostete ein Vermögen, aber der Opa protzte mit seinem gewonnenen Scheck und meinte, man lebe ja nur einmal, und dafür solle man dann das Leben in vollen Zügen genießen, wenn man könne. Und sie konnten es!

Das Zimmer war kein Zimmer, sondern eine sogenannte Suite. Sie hatten ein riesiges Bett, eine Sitzecke aus Leder, einen riesigen Fernseher und einen kleinen Kühlschrank voller Köstlichkeiten. Im Badezimmer gab es eine große runde Badewanne und überall waren Spiegel angebracht. Vom großen Balkon aus hatte man einen Blick auf den Jachthafen. Es war wirklich beeindruckend und sie fühlten sich gleich noch mehr als richtige Stars!

Der Opa schaltete den Fernseher ein, und prompt war ein Beitrag über das alljährliche und weltweit bekannte Oldtimermotorradrennen in Monte Carlo zu sehen. Es wurden viele Motorräder und ein paar Ausschnitte von unterschiedlichen Rennen gezeigt. Und dann, Frieda und der kleine Joseph trauten kaum ihren Augen, war da ganz groß der Opa im Bild, wie er gerade den Pokal entgegennahm und von der schönen Frau geküsst wurde. Frieda und der kleine Joseph kreischten und applaudierten! Es folgten Bilder von der Champagnerdusche und wie Frieda und der kleine Joseph am Siegerpodest auf und ab sprangen. Dann gab es einen Schnitt, und groß im Bild waren der Fernsehmoderator und Frieda, die auf seine Fragen antwortete. „Ja, das ist mein Opa aus Österreich. Wir sind extra wegen des Rennens hierhergefahren und sind sehr stolz, gewonnen zu haben!" Der Moderator wollte sich gerade abwenden, als Frieda ihn am Ärmel zupfte, in die Kamera grinste und sagte: „Darf ich bitte noch etwas sagen? Ich möchte gerne meine Mama und meinen Papa grüßen. Und auch die Tante Katharina! Uns geht's gut!" Dann hörte man auch schon im Hintergrund den kleinen Joseph rülpsen und kichern und vom Champagner schwafeln. Wieder Schnitt, und es wurden weitere Bilder von Monte Carlo und der Fürstenfamilie gezeigt.

„Das darf doch nicht wahr sein!", rief Frieda. „Wir waren im Fernsehen! In den Nachrichten auf France 2! Ganz Frankreich hat uns nun im Fernsehen gesehen!" „Ja, wir sind berühmt!", rief auch der kleine Joseph. Beide sprangen auf dem Bett, als wäre es ein Trampolin. Der Opa grinste, als wäre es Weihnachten und Geburtstag zusammen. Eine kleine Träne kullerte allerdings über seine Wange, denn er dachte an seine geliebte Ottilie. Ach, wäre sie nur in diesem Augenblick bei ihm und könnte mit ihm diesen schönen Moment teilen!

Ob ganz Frankreich den Sieg von Opa, Frieda und dem kleinen Joseph gesehen hat, ist nicht ganz sicher. Aber sicher ist, dass der Mann der Nachbarin von Frieda und dem kleinen Joseph es gesehen hat. Wie jeden Abend schaute er die Sportnachrichten. Und als er die Gesichter der Nachbarskinder auf dem Bildschirm sah, rief er seine Frau zu sich und sagte: „Schau mal, Babette, sind das nicht die Kinder von nebenan?" Die Nachbarin war ganz aus dem Häuschen. Ja, das waren sie. Und erst vor zwei Tagen hatte sie den Herrn Bürgermeister auf der Post getroffen, und der hatte ihr erzählt, dass die Kinder abgängig waren. Samt ihrem Großvater und Motorrad verschwunden. Sofort griff sie zum Telefonhörer und wählte die Nummer ihrer Nachbarin, Frau Allumette.

Die Mama traute ihren Ohren nicht. Sie glaubte einfach nicht, was ihr die Nachbarin da am Telefon erzählte. Nachdem sie das Gespräch beendet und aufgelegt hatte, musste sie sich erst mal ein weiteres Glas Wein einschenken und einen kräftigen Schluck trinken. Schließlich sagte sie zum Papa: „Sie sind in Monaco und fahren Motorradrennen." „Was?", fragte der Papa verwundert. „Sie sind in Monaco und fahren Motorradrennen", wiederholte die Mama im selben monotonen Wortlaut. Der Papa sprang vom Sessel auf. Er eilte zur Rezeption des Hotels, in dem sie die letzten zwei Tage verbracht hatten, und fragte den Rezeptionisten nach einem Computer mit Internetanschluss. Der zeigte auf einen Nebenraum und gab dem Papa das Passwort. Der Papa, sehr geschickt, was Computer angeht, hatte innerhalb kürzester Zeit Informationen zum Motorradrennen, das alljährlich in Monte Carlo stattfand, im Internet gefunden. Er fand auch schließlich einen Link zu einem Video, in dem er wahrhaftig die Siegerehrung von Opa, Frieda und dem kleinen Joseph anschauen konnte. Er glaubte einfach nicht, was er da sah. Er ging zurück zur Mama und sagte: „Sie fahren nicht nur mit beim Motorradrennen, sondern sie gewinnen auch. Und der Opa lässt sich von halbnackten Frauen küssen, während unsere Kinder sich über Champagner hermachen. Komm, wir reisen ab! Wir fahren auf der Stelle nach Monaco!"

Die Nachbarin erledigte währenddessen noch ein paar weitere

Telefonate. Sie war eine sehr neugierige Person, aber auch bereit, alle Neuigkeiten mit jedem zu teilen. So rief sie zuerst ihre Freundinnen von der Strickrunde an, dann die Mitglieder vom Kirchenchor und zuletzt auch noch die alte Frau Lala, die gleich an der Ecke wohnte und ähnlich wie sie selbst eine sehr wissbegierige Frau war. Sie erzählte allen aufgeregt die letzten Neuigkeiten von den Nachbarskindern und deren Großvater. Denn dass die Kinder abgängig waren, das hatte sie ihnen schon vor zwei Tagen erzählt. So manche Freundin der Nachbarin, bestimmt aber Frau Lala, griff anschließend zum Telefonhörer und verbreitete die Neuigkeiten weiter. Und in weniger als 24 Stunden wusste ganz Montarnaud, dass die Allumette-Kinder mit ihrem Großvater abgehauen waren, um in Monte Carlo ein Motorradrennen zu gewinnen.

An diesem Abend lud der Opa Frieda und den kleinen Joseph nochmals zu einem fürstlichen Abendessen ein. Obwohl er, wie er sagte, „ordentlich auf den Putz hauen wollte“, war er doch auch ein wenig überrascht, dass Preis und Quantität des Essens in keinem Verhältnis standen. Während der Opa noch laut darüber nachdachte, war Frieda mit ihren Gedanken ganz woanders. Am Nebentisch, sie war sich ganz sicher, da saß Johnny Depp. Nervös zupfte sie den Opa am Ärmel und zeigte mit dem Finger auf den Mann. „Opa, da ist Johnny Depp! Ich glaub' es einfach nicht!“, flüsterte sie ihm ins Ohr. Der Opa begann zu lachen: „So ein komischer Name, um nicht zu sagen so ein depperter Name! Da ist mein Johnny Weissmüller aber nicht so lächerlich!“ „Opa, nicht so laut. Du, der ist voll berühmt! Der spielt auch bei diesem Piratenfilm mit, den uns die Mama aber nicht anschauen lässt, weil wir noch zu jung sind, sagt sie.“ „Na wenn der so berühmt ist und hier am Nebentisch sitzt, warum gehst du nicht einfach hin und sagst Hallo? Wer weiß, wann du wieder die Gelegenheit haben wirst", sagte der Opa. „Glaubst du wirklich, ich kann das machen?", fragte Frieda. „Ja, Frieda, lass uns gehen. Ich will auch Hallo zu Johnny Depp sagen", drängte der kleine Joseph. Etwas zögerlich stand Frieda auf, der kleine Joseph aber hatte offensichtlich weniger Skrupel, denn er sprang vom Stuhl hoch, ging zielstrebig auf Johnny Depp zu und fing mit ihm zu reden an. Der Schauspieler drehte sich etwas genervt zum kleinen Joseph um, als er aber sah, wer da vor ihm stand, lächelte er und sagte: „Na wenn das nicht der Sieger vom heutigen Rennen der Beiwagenmaschinen ist! Was habe ich nur für eine Ehre!" Da war auch schon Frieda bei ihnen. „Und deine Schwester und dein Großvater sind auch da! Also, ich gratuliere zu eurem tollen Rennen! Dürfte ich euch um ein Autogramm bitten?" „Klar doch", sagte der kleine Joseph stolz! Der Kellner überreichte ihm seinen Stift und ein Stück Papier. Mit krakeliger Schrift malte der kleine Joseph seinen Namen hin, wobei das p spiegelverkehrt war. Er wird es wohl nie lernen, dachte Frieda. Da nahm auch sie Stift und Zettel und unterschrieb. Sie hatte das schon zu Hause geübt und war sehr stolz auf ihre Unterschrift. Sie sah sehr erwachsen aus, fand sie. Auch der Opa kam nun an den Tisch von Johnny Depp und schüttelte ihm die Hand. Als Frieda dem Opa den Stift hinhielt, fragte er sie: „Wie heiße ich denn eigentlich?" „Opa!", entfuhr es Frieda, entsetzt darüber, dass er sich nicht mal mehr an seinen eigenen Namen erinnern konnte. Da schrieb der Opa schon mit großen Blockbuchstaben „OPA" auf den Zettel und malte ein kleines Motorrad daneben. Der kleine Joseph überreichte stolz den Zettel an

Johnny Depp. Frieda fragte nun etwas schüchtern: „Könnten wir auch von Ihnen ein Autogramm haben, Herr Depp?" Der Opa fing hinter vorgehaltener Hand zu kichern an. Frieda trat ihm mit dem Fuß gegen das Schienbein und fauchte in seine Richtung: „Hör auf, das gehört sich nicht!" Da musste der Opa noch mehr lachen. Johnny Depp schien es aber nicht auf sich und seinen Namen zu beziehen und lachte mit dem Opa mit. Dann kramte er in seiner Jackentasche und fischte drei Autogrammkarten heraus. Darauf war ein großes Foto von ihm. Er fragte nach allen Namen und widmete jedem von ihnen eine Karte. Auf Friedas Karte malte er auch drei kleine Herzchen. Als er sie Frieda überreichte, wurde sie knallrot im Gesicht und stotterte ein „Danke vielmals". Dann kehrten sie zu ihrem Tisch zurück. Frieda war so aufgeregt, wegen der Herzen, dass sie keinen Bissen herunterbrachte. Opa und der kleine Joseph ließen es sich dafür umso mehr schmecken.
Die Mama und der Papa saßen währenddessen im Auto und rasten auf die französische Grenze zu. Drei Stunden später waren sie schließlich in Frankreich und nochmals ca. 40 Minuten später erreichten sie Monaco. Es war schon spät, nach Mitternacht, aber es war noch immer viel los. Es wimmelte nur so von Leuten. Sie konnten nur im Schritttempo fahren. Und einen Parkplatz zu bekommen war schier unmöglich.
„Was machen wir jetzt? Glaubst du, wir finden sie hier in diesem Trubel?", fragte Mama. „Vorausgesetzt sie sind noch da", sagte der Papa. „Ja, da hast du wahrscheinlich recht. Es ist viel zu teuer hier. Der Opa, der alte Sparmeister, würde nie so viel Geld ausgeben und sich ein Hotel in Monaco leisten", antwortete die Mama.

Angestrengt schaute sie hinaus in das Menschentreiben. Sie hatte noch immer die Hoffnung, Frieda und den kleinen Joseph irgendwo erblicken zu können. Langsam rollten sie weiter, vorbei an Boutiquen, Restaurants, Bars, Diskotheken, dem berühmten Casino, dem Hafen. Alles war unglaublich chic und teuer hier, man konnte das Geld der Reichen förmlich riechen. „Nein, sie sind nicht hier. Das passt nicht zum Opa und zu unseren Kindern", sagte die Mama schließlich. „Weißt du was, wir fahren nun nach Montarnaud. Ich glaube beziehungsweise hoffe, dass der Opa mit den Kindern auf dem Weg nach Hause ist", sagte der Papa. „Ja? Glaubst du? Ich hoffe es auch", sagte die Mama müde.
Sie fuhren weiter entlang der Hafenpromenade und staunten über all diese großen Jachten. Gerade als sie an einem großen Hotel vorbeifuhren, standen am Balkon im ersten Stock drei Gestalten, eine große, eine mittlere und eine kleine, und blickten ebenfalls über den Hafen und staunten ebenfalls über all diese großen und teuren Schiffe.

18. Kapitel

Um sechs in der Früh kamen die Mama und der Papa in Montarnaud an. Sie waren unendlich müde von der ganzen Aufregung und von der langen Autofahrt. Sie schlossen die Haustüre auf. Die beiden Katzen kamen sofort schnurrend zu ihnen und schmiegten sich an ihre Beine. „Wir legen uns erst mal ein wenig hin. Falls die drei heimkommen, dann bestimmt nicht so früh am Morgen“, sagte der Papa.

Opa, Frieda und der kleine Joseph schliefen lange. Es war ein aufregender Tag gewesen, und sie hatten guten Schlaf bitter nötig. Außerdem war das Bett in ihrer Suite so gemütlich. Als sie schließlich wach wurden, war der Opa groß in Form! Das erste Mal auf ihrer Reise erkannte er auf Anhieb Frieda und den kleinen Joseph. Und er konnte sich an jedes kleine Detail des gestrigen Tages erinnern. Stolz und mit erhobener Brust stand er auf und blickte raus auf den Jachthafen. Ein paar Minuten sinnierte er noch, dann sagte er: „Lasst uns frühstücken gehen und dann weiterfahren, ansonsten gewöhne ich mich noch an all den Luxus hier. Und man soll ja nicht überheblich werden, nur weil man mal ein kleines Motorradrennen gewonnen hat.“ Zu grinsen konnte er allerdings nicht aufhören.

Nach einem ausgiebigen und sehr teuren Frühstück in der Hotelbar machten sie sich schließlich auf den Weg. Und zwar heim, nach Montarnaud.

Die Fahrt war sehr schön. In Saint Tropez hielten sie an zum Mittagessen. Sie suchten sich ein schönes Plätzchen an der Strandpromenade und verspeisten weitere Köstlichkeiten aus der Tasche von Marcos Oma. Der kleine Joseph fing dann aber zu drängeln an: „Ich will heim zu Mama und Papa. Wie weit ist es denn noch?“ „Also, dann auf mit uns. Ein Stückchen haben wir schon noch zu fahren. Aber heute Abend müssten wir in Montarnaud sein“, sagte der Opa.

Und so fuhren sie ohne Umwege weiter, vorbei an Marseille und durch die Camargue. Sie sahen echte Flamingos und der Opa war ganz aus dem Häuschen. Für Frieda und den kleinen Joseph war das nichts Neues, denn auch in der Nähe von Montpellier, wohin sie manchmal mit Mama und Papa an den Strand fuhren, gab es Flamingos.

Es wurde Abend und begann schon zu dämmern, als sie schließlich Montarnaud erreichten. Langsam fuhren sie in den Ort hinein und Frieda zeigte dem Opa den Weg zu ihrem Haus. Auf dem Weg dorthin sahen sie einige Leute, die Frieda und der kleine Joseph nicht wirklich kannten. Aber die Leute schienen sie zu kennen, denn alle winkten ihnen zu und riefen: „Willkommen zu Hause!“ Ein paar Kinder liefen sogar neben der Beiwagenmaschine her und schrien: „Sie sind wieder daheim!“ Und andere riefen: „Dürfen wir auch mal mit dem Motorrad mitfahren?“ Als der Opa, Frieda und der kleine Joseph in die Straße einbogen, in der sie wohnten, folgten ihnen bestimmt an die 20 Kinder und zehn Erwachsene, die jubelten und applaudierten. Verwundert hielt der Opa das Motorrad an und stieg ab. Gerade als Frieda und der kleine Joseph aus dem Beiwagen kletterten, schwang die Haustür auf, und die Mama und der Papa stürzten heraus! „Mama!“, schrie der kleine Joseph und lief auf die Mama zu und warf sich in ihre Arme. Der Papa schnappte sich Frieda und umarmte sie so fest, dass sie beinahe keine Luft mehr bekam. Mama begann zu weinen und schluchzte nun auch, die Frieda im Arm: „Ich bin ja so froh, dass ihr wieder da seid!" Nun kamen auch schon die Nachbarin und die Frau Lala vom Eckhaus dazu und schauten dem Spektakel neugierig zu. Rundherum hatten sich alle Nachbarn und noch mehr Leute versammelt und klatschten in die Hände. Auch Karim, Friedas Freund, und seine Eltern waren gekommen. Einer der Herren meinte schließlich: „Wir sollten darauf anstoßen! Erstens dass die Allumette-Kinder wieder heil heimgekommen sind. Und zweitens, weil wir ihren Sieg beim gestrigen Motorradrennen feiern sollten!" „Ja!", hörte man es rundherum rufen! Da rief der Papa: „Los, alle Mann in unseren Garten! Ich suche den Champagner!" „Für mich aber lieber ein Bier", sagte der Opa. Der Papa grinste ihn an und klopfte ihm auf die Schulter. „Danke, dass du die beiden gut heimgebracht hast." „Keine Ursache, war mir ein Vergnügen", sagte der Opa und war noch ein bisschen mehr stolz auf sich.

Bis spät in die Nacht wurde die Heimkehr von Frieda und dem kleinen Joseph gefeiert. Und auch ihr spektakuläres Rennen am Vortag in Monte Carlo. Die Kinder, aber auch einige Herren, waren sehr am Motorrad vom Opa interessiert. Der Opa, der nichts von alledem verstand, es war ja auf Französisch, grummelte nur immer wieder „oui, oui", denn er wusste zumindest, dass das „ja, ja" hieß, und ließ sich sein Bier schmecken. Frieda und der kleine Joseph erzählten Mama und Papa alle ihre Abenteuer. Die staunten nur so und glaubten kaum, was sie da zu hören bekamen. Aber es gab keinen Grund, mit irgendjemandem böse zu sein. Falls jemand Schuld hatte, dann Mama und Papa selbst, da sie ihre Kinder allein beim Opa gelassen hatten. Und zum Glück war ja alles gut ausgegangen.

Da fiel der Mama ein, dass die Tante Katharina noch nicht Bescheid wusste. Schnell lief sie ins Haus und wählte ihre Nummer. Auch die Tante Katharina weinte, als sie hörte, dass Opa, Frieda und der kleine Joseph wohlauf in Montarnaud angekommen waren. Sie versprach so bald wie möglich mit dem Flugzeug nachzukommen, wahrscheinlich am nächsten Tag schon. Sie wollte ein paar Tage Urlaub machen, sich von dem Schock erholen und dann den Opa per Flugzeug wieder heimbringen. Ob der Opa sein geliebtes Motorrad in Frankreich lassen würde, war allerdings nicht gewiss. Vielleicht müsse die Tante Katharina im Beiwagen mit zurückfahren, meinte die Mama. „Nein, bestimmt nicht. Dann brauch' ich ja gleich wieder Urlaub, um mich von der Reise mit dem Opa zu erholen!", sagte die Tante Katharina erschöpft.
Als die ersten Gäste nach Hause gingen, setzten sich Frieda und der kleine Joseph dem Opa auf den Schoß. Der legte seine Arme um die beiden und vergrub seine Nase, ja sein ganzes Gesicht, in ihren roten struppigen Haaren. „Opa, das war der schönste Urlaub, den wir je gemacht haben", sagte Frieda. Da hob der Opa seinen Kopf. Tränen liefen über seine Wangen. „Ja, für mich auch. Zumindest kann ich mich an keinen schöneren erinnern." Da mussten alle drei laut und lange lachen.

Lilli Simböck
„SAPERLIPOPETTE“

Verlag Innsalz, Munderfing 2018
Gesamtherstellung & Druck:
Aumayer Druck + Verlag Ges.m.b.H. & Co KG, Munderfing
Printed in The European Union

Coverfoto: © Lilli Simböck

ISBN: 978-3-903154-55-1

www.innsalz.eu